Cuando ya no importe

Juan Carlos Onetti

Cuando ya no importe

ALFAGUARA

© 1993, Juan Carlos Onetti
© De esta edición:
   1993, Santillana, S. A. (Alfaguara)
   Juan Bravo, 38. 28006 Madrid
   Teléfono (91) 322 47 00
   Telefax   (91) 322 47 71

• Aguilar, Altea, Taurus, Alfaguara S. A.
Beazley 3860. 1437 Buenos Aires
• Aguilar, Altea, Taurus, Alfaguara S. A. de C. V.
Avda. Universidad, 767, Col. del Valle,
México, D.F. C. P. 03100

   ISBN:84-204-8107-6
   Depósito legal: M. 31.292-1994
   Diseño:
   Proyecto de Enric Satué
© Ilustración de la cubierta:
   Texto manuscrito de Juan Carlos Onetti,
   sobre detalle de *Pleamar IV* (1990),
   de José Hernández.
   (Fotografía de Doble Imagen).

   Impreso en España

   PRIMERA EDICIÓN: MARZO 1993
   SEGUNDA EDICIÓN: MAYO 1993
   TERCERA EDICIÓN: MARZO 1994
   CUARTA EDICIÓN: DICIEMBRE 1994

*This edition is distributed in the United States
by Vintage Books, a division of Random House,
Inc., New York, and in Canada by Random House
of Canada Limited, Toronto.*

Para Carmen Balcells,
sin otro motivo que darle las gracias.

Serán procesados quienes intenten encontrar una finalidad a este relato; serán desterrados quienes intenten sacar del mismo una enseñanza moral; serán fusilados quienes intenten descubrir en él una intriga novelesca.

Por orden del autor.
Per G.G.
El jefe de órdenes.

Mientras escribo me siento justificado; pienso: estoy cumpliendo con mi destino de escritor, más allá de lo que mi escritura pueda valer. Y si me dijeran que todo lo que yo escribo será olvidado, no creo que recibiría esa noticia con alegría, con satisfacción pero seguiría escribiendo, ¿para quién?, para nadie, para mí mismo.

JORGE LUIS BORGES

Hace una quincena o un mes que mi mujer de ahora eligió vivir en otro país. No hubo reproches ni quejas. Ella es dueña de su estómago y de su vagina. Cómo no comprenderla si ambos compartimos, casi exclusivamente, el hambre.

Nos consolábamos a veces con comidas a las que buenos amigos nos invitaban, chismes, discusiones sobre Sartre, el estructuralismo y esa broma que las derechas quieren universal, saben pagar bien a sus creyentes y la bautizan posmodernismo. Participábamos, reñíamos y adornábamos con nuestras risas las frases ingeniosas. Aquellas cenas a las que no podíamos aportar ni un solo peso ofrecían a un posible observador, tal vez a uno de los comensales que pagaban su parte de la cuenta, un aspecto admirable. Porque merecía admiración la astucia con que ella y yo, sin dejar de reír despreocupados, robábamos pancitos que caían en la cartera de ella o en alguno de mis bolsillos. Así nos asegurábamos un desayuno seco para cuando despertáramos mañana en la cama de la pensión.

Se fueron acumulando los días casi miserables para triunfar convenciéndola de que yo había nacido para fracasado irremisible.

La muchacha pasaba todo su tiempo en la cama para ahorrar fuerzas, retener calorías. Tal vez estuviéramos en invierno. Creo, no lo aseguro. Y así:

ella acostada y yo caminando, ida y vuelta, por la avenida buscando tropezar con algún ser muy amigo al que no me humillara pedirle dinero. Y recuerdo que ya no se trataba de conseguir un peso para que comiéramos. Nunca consulté en los periódicos a cuánto estaba la canasta familiar. Pero en aquellos días el mínimo indispensable había trepado a cinco pesos.

Pocas veces lo conseguía, no por negativas sino por desencuentros. Mis incursiones en la ciudad sólo excluían a los niños. Nunca hice distinciones por sexo. Pocas mujeres encontré.

25 *de marzo*

Recuerdo que más de una vez mi mujer, ahora ausente, me había dicho: yo sé que te traigo mala suerte. Lo que nació de su ausencia no podrá significar que mi suerte hubiera cambiado, pero de pronto tuve otros de mis tantos trabajos que se traducían en comestibles. Uno de los amigos de restaurantes donde habíamos robado los diminutos panes de hermosas cortezas doradas cuyo destino era crujir en la mañana, uno de mis anfitriones desganados, con algunas amistades en cierta parcela de la mugre política acabó por conseguirme un trabajo. Lo justo para alegrar al dueño de la pensión y pagar mis comidas.

Luego de la buena noticia trató honradamente de aminorar mi esperanza y dio bastantes rodeos intentando explicarme en qué consistía el trabajo recién logrado. Le dije que no me importaba, así fuera la portería de un prostíbulo de campaña, porque para mí no podía haber pan duro.

También recuerdo que en aquellos tiempos la gente de Monte huía de su ciudad, cruzaba el río para llegar a la gran capital transformada entonces en cabecera del tercer mundo, erizada con los cartones y latas herrumbradas que construían lo que llamaban casas en cientos de Villas Miseria que iban aumentando cada día más cercanas y rodeaban el gran orgullo fálico del obelisco. Tal vez el hambre tuviera allí otro sabor que la impuesta por Monte. Pero en Monte era menor el número de los que ambicionaban y lograban cruzar el río para vender, destino inmediato, hojas de afeitar y chicles, *kleenex* y jaboncitos y bolígrafos secos y peines y carteritas de fósforos en alguna esquina de la calle principal. El éxito de una jornada supondría mascar un chorizo con pan, si no eran desalojados por aborígenes igualmente desesperados.

No puedo olvidar a los de Monte que soñaban con otro modo de vivir, los del todo o nada, los que no temían apostar suicidio contra vivir de verdad en aquellos países europeos de donde llegaron abuelos, desde España e Italia, se fusionaron y así quedó creada la raza autóctona.

Y ahora, quinientos años después de ser descubiertos por error de un marino genovés y la intuición de una reina que nunca arriesgó sus joyas ni se mudó de camisa, los nietos se desesperaban por devolver la visita de los abuelos.

Los dejé formando colas kilométricas desde el alba, frente a embajadas o consulados aguardando con escasa esperanza el milagro de una visa. Pude leer en el aeropuerto dos *graffiti* contradictorios: «Que el último en irse apague la luz». Y el otro rogaba: «No te vayas, hermano».

Sin embargo, creí al principio que me habían hecho una mala jugada. Se trataba de un edificio enorme al que llamaban galpón o nave o hangar. Escuché a los hombres. Estaba lleno de peones de tórax desnudo y taparrabos o delantales de arpillera. En su mayor parte eran gallegos altos y atléticos que cargaban con los sesenta kilos de las bolsas de cereales como si estuvieran jugando. Ocho horas diarias si no había trabajo extra. En grandes letras negras, en la pared del fondo, la sigla decía: S.O.S.

Primero me examinó un semicírculo de miradas burlonas que me pareció calculaban mis posibilidades en una lucha con repetidos sesenta kilos. Nadie hablaba. Yo era el extranjero y ellos se obligaban a odiarme resueltos a expulsarme más allá de sus fronteras.

Estaba ya pensando en decir muchas gracias y adiós cuando me trajo consuelo un aborigen vestido con guardapolvo que tal vez hubiera sido blanco el día anterior. Me señaló un montón de bolsas que podían servirme de asiento con respaldo, me señaló un agujero redondo en el suelo y me entregó un cuchillito. Aquel hombre se hizo mi capataz con muy pocas palabras.

Así fui sabiendo que el agujero redondo se llamaba tolva, que era necesario alimentarlo con el trigo o lo que contuvieran las bolsas, que si llegaba a vaciarse ese aparato que separaba el polvo del grano, se estropearía. Y fui sabiendo que aquella tarea parecía haber sido inventada expresamente para mí. Recuerdo tantas semanas de felicidad nocturna, el trabajo sin la inevitable presión de un patrón o jefecito. Leyendo alguna historia de asesinado y detective, leyendo un diario o revista, vigilando de rabo de ojo a un costado la boca angurrienta de la tolva. Y tan solo y en calma en la noche eterna siempre alumbrado por luces eléctricas porque el enorme edificio no tenía ventanas y era indiferente e ignorado el hecho de que afuera, en la ciudad, lloviera o iluminara un sol blanco y rabioso. Allí, tampoco ni calor ni frío. Muchas ratas gordas y veloces que no se sabía de qué disparaban o adónde pensaban ir. Sólo proyectos porque un perrito pequeño, color mugre, las perseguía y alcanzaba para clavarles los dientes y desnucarlas. Nunca lo vi fracasar. Y siempre, después de la victoria, volvía a correr desesperado para beber agua en una gran pileta o enjuagarse el asco.

Apunté: noches felices, pero sería más exacto llamarlas noches de paz. Porque si me ocurría divagar sobre algún problema nunca se trataba de problemas impuestos por el mundo de afuera. Eran mis problemas, absolutamente míos. Eran de esa raza de problemas que millones de personas se habían planteado sin resolver. Los imagino, con preferencia, al lado de un fuego así como yo estaba al lado de la tolva. Todo era noche calma, noche serena, hasta que un mediodía vi el anuncio en el periódico que había abandonado sobre los platos usados del almuerzo un compañero de pensión. Rara vez miro los diarios y me basta espiar los titulares para fortalecer mi vieja convicción de que la estupidez humana es inmortal.

La única esperanza creíble que nos van dejando se llama nuclear.

El anuncio era muy distinto de sus compañeros de página. Ofrecía empleo a un hombre «cuya ambición no respeta ningún límite y que esté dispuesto a viajar». Yo encajaba muy bien entre las edades mínima y máxima señaladas como indispensables. Nunca olvidaré el número telefónico al que estuve llamando inútilmente durante varios días aprovechando las horas de libertad que me concedía la tolva. A veces el teléfono estaba ocupado y el tono era de eternidad o lo imaginaba llamando a nadie en una vieja oficina despoblada.

Si era necesario cargar un barco con urgencia, S.O.S. también trabajaba los sábados de tarde. Pero por desgracia para aquel país eso no sucedía con frecuencia. De modo que yo estaba libre casi todas las tardes de sábado. Y las aprovechaba para intentar respuesta. Tal vez ese número ya hubiera triunfado en su cacería de hombre ambicioso dispuesto a viajar. Sí. Pero un miércoles de agosto muy asqueroso con su frío y lluvia, el número se transformó en voz.

Trato de recordar cómo era aquella voz la primera vez que la escuché. Adjetivos: blanda, húmeda, acariciante, la manejada para insistir sin violencia en la oferta de algo obsceno y apenas peligroso.

Era la misma voz que me repitió en la entrevista: Usted debe tomar al pie de la letra aquello de que los últimos serán los primeros.

Acompañó la frase con una risita más amable que burlona. La oficina estaba instalada en un edificio ruinoso de la ciudad vieja. La fachada estaba casi cubierta de chapas de cualquier material que ofrecían cualquier profesión, brujerías o callicidas. La oficina era una tristeza polvorienta, mesa de pino, dos sillas desparejas, teléfono y fichero metálico verde.

Y ahora el anunciante, que nada tenía que ver con el ambiente, me dio la rara sensación de ser un hombre que nada tenía que ver con nada. Pero la cara sí tenía que ver con la voz. Era muy blanca, muy grande en comparación con el cuerpo casi infantil y excesivamente bien vestido. Un diamante en la corbata pero ningún anillo en los dedos manicurados. Cuando sonreía, mostrando fuertes dientes de caballo, los labios se adelantaban para formar un círculo perfecto.

—¿Y su ambición hasta dónde cree que podría llegar?

—Depende. No me ofrecería para lucrar negros ni cualquier clase de esclavos.

—Lamento decirle que mi muestrario de ofertas es muy reducido. No dispongo de esa clase de infamias. Para su ambición le puedo proporcionar este destino: ir a un país desconocido, no hacer nada y cobrar mucho dinero. No hacer nada pero dejar hacer. Y también informar.

Me alejé de las ominosas S.O.S. alegando enfermedad y tuve tres entrevistas con el hombre que se hacía llamar «Profesor Paley, aunque no sean mi nombre ni título. También tengo otro nombre y profesión para usted».

En la segunda o en la última reunión, apareció la palabra destino. El profesor preguntó si el nombre Santamaría me era conocido. Le dije que toda América del Sur y del Centro estaba salpicada de ciudades o pueblos que llevaban ese nombre.

—Ya lo sé. Pero nuestra Santamaría es cosa distinta.

Así apunto, más o menos fiel, el episodio de mi adiós a Monte. Recuerdo que entonces robé el lema del *New York Times* y me juré apuntar todo lo que fuera digno de ser apuntado.

12 de abril

Me resulta fácil empezar estos apuntes pero no sé si podré cumplir la autopromesa de continuar apuntando diariamente. Porque ignoro adónde voy y para qué me llevan.

Mi situación en Monte es muy mala y bordea la angustia, en la que no acepto entrar porque me ayuda siempre el recuerdo de un amigo de mucho tiempo atrás llamado Kirilov o algo parecido. Sé que lo expulsaron de su partido.

Cuando salí de Monte con un currículum abusivamente sobresaliente y bajo el brazo un recién nacido título de ingeniero, el profesor Paley estaba a mi lado y no me abandonó hasta que pisamos Santamaría. No necesitó hablar mucho para convencerme de que para mí no había trabajo en el país donde yo había nacido. Sin violencia, me hizo firmar un contrato que cubría un par de años y prometía sueldos en buenos dólares. Vagamente, me explicó que no se trataba de construir una presa o represa, sino solamente de cimentar lo que ya estaba hecho. Como a mí todo me daba igual, después de muchos desengaños de clase diversa, firmé lo que Paley quiso.

En el principio, después de huir de Monte, tristeza y peligro, luego de atravesar el río de barro y de sueñera, luego de remontar otro río, más estrecho y cuya tradición está hecha de amenaza y suicidio, desemboqué en un amanecer sanmariano.

Pero mi visita oficial a Santamaría, y a la parte final y más importante de mi destino, sucedió días después cuando Paley, judío portugués y el único conocido de mis nuevos patrones, me acercó al río en su coche sueco.

Estuve mirando la parte paisajística de mi futuro. A la izquierda, una enorme casa rodante con un automóvil gris ensillado; al frente, una casona, desconchada y sucia, y luego, sobre el recodo de las aguas, apuntando a más tierra incógnita de Santamaría Nueva, un puente de tablas con barandas de soga. A la derecha, árboles, bosques, jungla.

Pienso que con lo escrito cualquier lector puede dibujar un mapa de aquella región de Santamaría. Pero ni yo sabía de mi acercamiento, tan lento, a través del gotear monótono de los días y las páginas, a la más dolorosa y vulgar de las caras de mi desgracia.

Ahí estuve y miré. Con la promesa, cumplida, de muchos dólares, la perspectiva de un trabajo interesante y embrutecedor, la esperanza de una larga aunque incompleta soledad. No sé cuánto más tarde estuve recordando el faro que nunca pude habitar en el Río Negro.

Paréntesis: Fue en Monte donde me enteré de la existencia de un puesto vacante de farero en el Río Negro, un río que parte el país, casi exactamente, en mitades. Algún cínico apátrida me dijo una vez que la parte norte era para Brasil y la del sur para los argentinos. Yo andaba solo y muy pobre y con ganas de huir de todo el mundo. Por contactos familiares, el faro llegó a ser mío en los papeles de la burocracia. Pero cuando supe que mi deseada soledad sólo iba a ser quebrada una vez cada seis meses por una lancha cargada con latas de comida y diarios, de fechas caducas, me eché atrás aterido por un miedo más fuerte que la humedad del faro nunca usado.

Olvido el Río Negro y su alto faro parpadeante que seguirá señalando rutas a los marinos. Es probable que lo hayan privatizado y que algunos nórdicos estén cobrando peaje.

Ahora contemplo otro río que supongo manso. Queda descrito sumariamente este curioso esce-

nario; como todos, reclama personajes, personas, po-
bladores que, poco más tarde, fueron apareciendo y
el supuesto portugués me los fue presentando.

Fue como si hubiera hecho chasquear los dedos. Primero aparecieron Tom, Dick y Harry con
grandes botas aguadas, con grandes blancas sonrisas
aprendidas desde la infancia allá en Oklahoma City o
Main Street o Texas. Me parecieron simpáticos y crue-
les. Nos saludamos: su español baldado y mi inglés
tartamudo. Con mucha cordialidad me hicieron saber que la represa estaba prácticamente terminada y
que sólo podía servir para dar consejos innecesarios
sobre una vaguedad que no nombraban obras de rati-
ficación de apuntalamiento. También supe por ellos
que, más allá del temeroso puentecito y siguiendo
siempre hacia el este, existía y prosperaba una Colonia Suiza de la que alguien alguna vez, en un pasado
huidizo, me había hablado. La mención de la Colonia
me bastó para que Tom, Dick y Harry se rejuvenecie-
ran con rubores débiles y breves, rieran y cambiaran
golpes en los hombros desarrollados y fortalecidos en
los campos de deportes de universidades tan lejanas
ahora como sus primeras juventudes.

Repuestos, uno de ellos habló, tal vez fue
Dick. Me explicó que ahora la Colonia Suiza no era
ni por asomo una colonia sino una ciudad pujante,
volcada al futuro, en constante expansión, y no recuerdo cuántas otras bellezas y tonterías más. Sí, fue
Dick quien inició las alabanzas. Era un coro y, por
caso de cerebración inconsciente, pensé en el título
que un amigo muy querido prometió poner a un
libro pornográfico que jamás llegó a escribir: *La
unanimidad de las cotorras*. Nada que ver, pero se me
ocurrió sin culpa.

1 de mayo

Y aquí estaba en un lugar, que sólo existe para geógrafos enviciados, llamado Santamaría Este, sacudiéndome el pasado como trataba de apartar las pulgas una perrita muy querida que alguna vez tuve y con mi falso título de ingeniero, tratando de dirigir el trabajo de unos veinte peones mestizos y explotados. Estábamos terminando de construir una represa, justo allí donde el río y la tierra imponían un codo.

Era la hora del hambre, del sol justo encima de nuestras cabezas. Estábamos dentro del edificio que me quedó destinado como casa, hecho con grandes piedras frías. Alguien había ido hasta la caravana para volver con una botella de whisky, de marca para mí desconocida, y vasos de plástico. Uno de los gringos me dijo:

—Ahora le falta conocer a doña Eufrasia. Para ir bien con ella hay que mantenerle el tratamiento. Ya verá. Todavía tiene buen cuerpo. Nadie sabe si treinta o cuarenta. Ella es tres cuartos de india y muy mandona si le toleran. Con nosotros anda en una especie de paz armada. Fue al este a comprarnos alimentos frescos. Odia las latas más que nosotros. Y nunca nos falla, debe estar por volver.

Y doña Eufrasia llegó; un cuerpo que me pareció deseable aunque con grandes pechos cayentes. Pero la cara había sufrido mucho y era mejor no mirarla; probablemente ella lo agradeciera.

Era allí, oscura, sudorosa y desgreñada, un animal cargado en los lomos con una mochila de cuero reluciente, propiedad de mis amigos, y colgando de cada brazo una bolsa red llena de marcas comerciales. Saludó con un cabezazo mientras mis gringos hacían presentaciones confusas. Se alivió de los pesos y me mostró como un relámpago su dentadura blanca, interrumpida por el lento saboreo de la hoja de coca. Nos apretamos las manos y yo apreté una maderita seca, y tanto sus ojos negros como los míos compusieron un mirar turbio y burlón.

Pero supe enseguida que había algo más. Oí tres palabras de orden: saludá al señor. Entonces se desprendió del refugio de la pollera la forma intimidada de una niñita rubia, con grandes ojos claros, impasibles, que sólo investigaban tranquilos, con su breve pollera escocesa y una blusita blanca y limpia. Insistió la madre:

—Elvirita, saludá.

Y entonces la niña dijo salú moviendo una mano, levantando la clara inocencia de sus ojos.

Mucho tiempo pasó antes de que aceptara que había sido yo el inocente.

La mujer habló:

—Es preciosa, todo el mundo comenta y me la hacen consentida. Otra tuve, de apelativo Josefina, morochona como el padre. Poco sé de su vida. Me tienen dicho que está en casa de un médico, pero un médico de verdad.

Bastaba mirar la piel de la señora Eufrasia para saber que no necesitó ayuda oscura para tener una hija morochona.

Pasaron meses rellenos por la monótona reiteración de los días. Al agua para vigilar su presión y vigilar el trabajo del mestizaje, casi recompensados de la miseria que les aguardaba en sus chozas de la selva, por las libras que, turnados, algunos de mis amigos gringos les tiraban en las quincenas de pago.

15 de mayo

La casona demasiado grande y toda pintada de blanco, en guerra contra el sol asesino, inútil para las noches en que el calor se situaba, inmóvil y resuelto, sobre nosotros, la casa blanca, el mundo en que vivíamos. Quedaron los mundos helados del recuerdo pero ya no ayudaban, ya no se creían. Y entonces comenzaron las bromas porque doña Eufrasia, insuperable en la factura del locro, en el arte de asar carnes y sabiendo siempre quién la quería seca o sangrienta, comenzó a engordar.

Éramos cuatro: Tom, Dick, Harry y yo. Y el calor nos obligaba a quemarnos labios y boca con salsas de ají. Así sudábamos más.

Eufrasia cocinaba, hacía de la casa un alarde excesivo de limpieza, Eufrasia era feliz y sin necesidad de sonrisas, Eufrasia seguía engordando, milímetro a milímetro.

Todos los domingos, al madrugar, Eufrasia iba caminando hasta la iglesia de Santamaría. El edificio evocaba la Colonia española y tenía, puntualmente, rosadas las cuatro esquinas. Había dejado en la casa alguna comida y era necesario tirar a suertes quién debía encargarse de ir hasta el pueblo ciudad para comprar alimentos y bebidas. Y siempre viajábamos en pareja para disfrutar del lento placer de apoyarnos en el mostrador del *Chamamé* para tomar un aperitivo o más. Según venían las cosas, y era imposible adivinar su origen, los mediodías del domingo transcurrían en silencios sin rencor, cada uno en su vaso, cada uno mirando sin ver la estantería pesada de botellas, las manchas de humedad en la placa sin réplica del espejo que algún día lejano reflejó fiestas, parejas, suizos de tez rojiza y atezada.

Otras veces la compañía se hacía sentimental y se producía una especie de competencia no deseada, con evocaciones de lugares, montañas, lagos, caseríos o ciudades de cemento, vidrio y aluminio. Y no faltaba la exhibición de fotos de mujeres con sonrisas tontas y niños pecosos. Todos esbozados en la bruma de anécdotas que creíamos definitorias y clavadas en el tiempo.

Teníamos que regresar con la hora de la siesta. Eufrasia, después de lavar culpas en el confesionario, había emprendido su trote corto y sin fatiga hasta el rancherío norteño donde tenía familia o tal vez un hombre esperando en soledad, calor y botella. Ahora Eufrasia engordaba centímetro a centímetro.

Me contaban los gringos que, cuando empezaron a estudiar el río arroyo para emplazar la represa, escucharon justificaciones de indígenas ancianos que recordaban o simulaban recordar una gran crecida que anegó el valle, trepó hasta tapar las pequeñas colinas, arrastró taperas, animales y vivientes. (Por lo menos, se acordaban de tantos abuelos muertos, llevados por la correntada hacia el mar, y nunca más se supo.) Cierto día, cuando ya habían quedado en el recuerdo de los gringos las zambullidas para calcular profundidades y resistencia del fango, eso fue en un principio del trabajo, la gordura tenaz de Eufrasia derivó hasta formarle un vientre en punta.

Sintetizando, tratando de afirmar su compenetración con aquel lugar de tierra al que habían traído el tipo de cultura y los impasibles métodos de ganancia y explotación, proclamados allá lejos en el lema de su única bandera: *In gold we trust*, las bromas iban por ahí:

—Conocemos la madre del cordero.

—Se sospecha quién es el padre de la criatura.

Y las tres caras rosadas, pecosas, que conservarían, y tal vez para siempre, en la hora del regreso, de los golpes en la espalda como señal de cariño, de los cócteles preparados o vigilados por sus respectivas esposas, de la indomable barriguita, reiteraban graciosos chistes agotados:

—Que aquel domingo los dejamos solos y vi cómo te brillaban los ojos.

—Que hay que ver cómo ella te prefiere al repartir la comida.

—Que anda simulando que no te mira.

—Que cuando dos se enamoran es cosa que se huele.

—Que tiene que ser casi desde que llegamos. Porque le debe faltar poquitos días y acaso horas.

—En cuanto aparezca le vamos a ver el parecido.

Eufrasia, impasible, tan olvidada de su barriga como del momento en que se la iniciaron, limpiaba la casa, nos alimentaba con lentejas, verduras y un poco de carne cada semana. Y trotaba sin perder domingo, hacia la iglesia, hacia los rancheríos del norte. Aquel día, como siempre, nos había dejado empanadas de dulce de membrillo. Iba recitando para sí los padrenuestros y las avemarías que había recetado el señor cura. Y a cada paso, centímetros más o menos, aumentaban su dicha y su sudor, se iba sintiendo limpia, bendita, hostiada, lista para trepar a la serenidad eterna de los cielos.

Pero los cuatro hombres no teníamos nuestra iglesia; y además debíamos recurrir a las latas de diecisiete conservas, siempre dudosas. No teníamos iglesia ni heladera a querosén. Porque Tom era baptista, Dick metodista, Harry judío y yo había perdido tiempo atrás una vaga creencia papista.

Estar colocados en aquel casi desierto no era nuestra culpa, era voluntad divina. Si a ellos les nacía algún temor, algún reproche de conciencia, lo descartaban con la oración nocturna y lecturas de la Biblia. Tal vez no coincidieran en interpretar el significado de versículos, frases tortuosas, tenaz reiteración de disparates, amenazas tan terribles que parecían saltar sonoras del papel donde estaban impresas.

20 de mayo

Los viajes de doña Eufrasia con la niña rubia colgada del brazo a Santamaría Este, Colonia Suiza en realidad, acabaron revelando otros motivos que la visita a los padrinos. A cada uno de sus regresos, Tom, Dick y Harry observaban con discreción su barriga creciente y hacían apuestas sobre los meses faltantes y, más allá, sobre el sexo del no nacido. Nunca quise entrar en el juego de las profecías que ellos trataban de mantener ocultas para la mujer. Pero una vez le oí decir con voz muy tranquila y suave a no sé cual de ellos:

—Seguro que hizo lo mismo su señora madre.

Nadie contestó y todos simulamos absorbernos en pequeñas tareas inútiles para ahuyentar el recuerdo de la verdad nunca vista: madre horizontal, despatarrada y suplicante, padre muerto para el mundo, adhiriendo enfurecido sudores de pecho, inconsciente del ridículo vaivén de sus sobrias nalgas de varón.

Para nosotros, que dormitábamos bajo los árboles, vino de improviso. Era una tarde bochornosa y podíamos divisar allá arriba pequeñas nubes negras que se iban reuniendo, fusionándose. Para doña Eufrasia, que lavaba en la gran pileta platos o ropas, debe haber llegado con un dolor, un grito, una sucia palabra. Con pasitos muy cuidados fue llegando a la puerta hasta hundirse en la penumbra fresca de la casona.

Yo fui el primero en despertar al susto. Anduve zigzagueando hasta la ventana de la pieza de Eufrasia y me senté, acuclillado, mi espalda contra el muro, la oreja en escucha.

Como siempre me fue imposible imaginar a Eufrasia llorando, lo que oí no eran llantos sino débiles gemidos de cachorros ciegos. Mientras se acercaban los muchachos, con la siesta interrumpida por mi excursión a la casa, caserón, los gemidos, de agudos pasaron a graves. Llegaron al grito; al balbuceo en las pausas de invocaciones a la Santísima Virgen María y a Santa Carolina, mártir y también virgen, protectora de parturientas. Crecían los aullidos y yo sabía que los dolores la estaban revolcando y le escuchaba mezclar rezos con maldiciones según las cuales todos los hombres del mundo hedíamos por culpa de mil defectos, prometía usarnos como letrinas y todos éramos hijos de madres excesivamente putas.

Y ahí estábamos, cuatro hombres, impotentes, escuchando el dolor, humillados también porque sentíamos que tras las paredes estaba creciendo un misterio, el primero de la vida, que brotaría manchado de sangre y mierda, para irse acercando, tal vez durante años, al otro misterio, el final. Y nosotros no éramos más que hombres y nuestra pobre colaboración sólo había sido una corta y enorme felicidad olvidada, perdida en el tiempo.

El ruido del llanto y de las quejas de Eufrasia se escuchaba desde fuera de la casilla subiendo y bajando porque era seguro que la mujer mordía algún trapo sucio para aminorar dolores y sonidos. También a veces se interrumpía para rezar gangosa y era posible escuchar su plegaria.

—Ay, Santa Carolina, tan fácil que fue entrar y tan difícil de que salga.

Los demás se habían apartado hasta el galpón en busca de carne para preparar el asado que comerían con una curiosa ensalada de legumbres y algunas hojas de plantas de perfume fuerte y nombre desconocido.

A cada gemido yo me sentía más nervioso. Cuando sentí que para mí aquello era demasiado, me levanté y les dije:

—Esto no lo aguanto. Voy a Santamaría Vieja que conserva hospital. Busco partera, comadrona o médico. Si la dejamos, la Eufrasia se nos muere.

El cielo estaba nublado y el calor húmedo hacía brotar el sudor. Mientras iba hasta el *jeep* oí decir a alguno de mis amigos Wasp:

—Parirás con dolor.

Finalmente subí al *jeep* y lo puse en marcha, resuelto a ir hasta el pueblo en busca de una comadrona para la parturienta. Hundí el acelerador y me alejé de la casona. Tenía que recorrer kilómetros y el tanque estaba lleno. Aunque hice después muchas veces el viaje a Santamaría Vieja, ida y vuelta, nunca me enteré de cuántas leguas nos separaban. Me alejé hundiéndome en el polvo y en el calor que continuaba creciendo lentamente.

Mientras corría el *jeep* en aquella tarde que fue bautizada como el día del gran parto, era consciente de que a mi derecha estaba el río. Las casitas de los pescadores siempre blancas, cuidadas y limpias, la fila de lanchas y el escándalo de los niños, tan sucios y felices, ajenos a la reiterada prohibición materna: no te me ahogués o te mato.

Yo avanzaba siempre paralelo a todo esto. Meses atrás había visitado aquella parte de la costa por curiosidad, casi turística, con el pretexto de comprar algunas corvinas frescas para cocinarlas a las brasas. Sí, usted quiere decir a la vasca, recuerdo que me aleccionó desde su barca un hombre semidesnudo que hablaba libre de la simpática tonadita de los sanmarianos. Sospeché que me iban a estafar, pero ellos superaron mis cálculos. También escuché voces incomprensibles traídas de países muy lejanos. En uno de mis viajes quincenales, Díaz me aclaró la confusión.

Más allá, cerca de la ciudad, se amansaba el río y los pescadores domingueros se agrupaban junto a las caletas. Seguí adelante siempre tratando de conservar una hipotética línea recta, moviendo tierra seca, levantando una polvareda que ondulaba para cubrirme al descender. Y de pronto, sin aviso, un agujero enorme, metros de ancho y atravesando de un costado a otro el camino no trazado que llevaba, hasta que lo cortara el zanjón, a Santamaría Vieja.

El monstruo frente a mi *jeep*. Ya me habían prevenido sobre su existencia pero, claro, nadie pudo decirme en qué lugar de la distancia se abría para tragar viajeros. Entre débiles puteadas, las puteadas siempre se debilitan cuando no tienen destino humano concreto, descubrí que a la izquierda alguien había colocado dos largos tablones que se ofrecían para evitar la caída. Pensé si aquel puente primitivo aguantaría el peso del *jeep* y el mío. Tal vez trabajé un tiempo. Luego enfilé el vehículo y crucé lento sobre los estertores de las maderas. Supe otro día que a ese agujero maldito le llamaban Barranca Yaco pero jamás supo nadie decirme por qué.

Y luego entré en callecitas, calles, avenidas, plazoleta de inverosímil héroe desmontado. Allí estaba alto y gris, enfundado en un levitón de plomo, sosteniendo paciente con ambas manos un racimo de uvas muy gruesas, acunadas en una hoja de parra. Era como una maqueta grande de una proyectada ciudad desierta con muchos eucaliptus jóvenes, con cortinas de hierro tapando y prohibiendo negocios variados.

Entonces me puse a distribuir destinos y pasados.

Ninguna cortina, ninguna puerta cerrada pudieron sugerirme presencia o temporal ausencia de médico. Una bata blanca, una sonrisa de bienvenida, lustrosa, inmutable por ortodoncia. Y la Eufrasia seguía muriéndoseme. Hasta que lo vi, surgido de ninguna parte, de ninguna puerta clausurada, de ningún estrépito de metales arrollados. Estaba junto al portal que yo, creo, hubiera tenido que atribuir a *Artículos navales*. Él miraba desconcertado la intrusión en la soledad de un *jeep* y su chofer.

Nos separaban unos cincuenta metros. Vestía un overol, era alto, robusto y recién afeitado.

Estuvimos mirándonos hasta que él sonrió y se fue acercando, balanceándose para mantener el equilibrio sobre una cubierta embravecida. No, no se trataba de ningún pensable mar. La prudencia de los pasos era fruto de la libre fiesta alcohólica de su noche.

Sonreía bondadoso.

—Antonio, para servirlo —dijo—. Le di mi nombre y nos estrechamos las manos sin hacer fuerza.

—Desde dónde viene, amigo —preguntó algo incrédulo.

No sé por qué me inventé para responderle un simpático cantito que de alguna provincia sería.

—Yo vengo de allá abajo, del río, y ando en busca de médico o partera para una doña que la dejé forcejeando pero no acaba de salir de cuidado.

—Del río —fue comprendiendo el hombre y apartó con un pie la gran valija que había arrastrado y que yo creía no haberle visto—. Conozco, conocí y gracias a Dios dejé de conocer y pude olvidar cuando las cosas mejoraron.

—¿Usté estuvo? —pregunté—. Cuándo, en qué tiempo.

—Hace mucho, era un tiempo de desgracia. Y usted sabe, la mala suerte, dijera un amigo, es como una costra que le cubriera el cuerpo, sin pecado, y si a veces cae es porque Dios o Destino quisieron.

—Se lo comprendo muy bien. Pero quisiera saber por qué Santamaría se ha vaciado de gente.

—Bueno —dijo con risa—, estoy quedando yo. Pero también yo me estoy yendo. ¿Cómo no le avisaron? Si andaba buscando ayuda para esa desgracia...

—No me avisaron o no sabían. Mis compañeros de trabajo son gringos. Qué van a saber de fiestas locales.

—Pero se me ocurre que usted, con respeto, es más o menos tan gringo. Le digo mi sospecha: usted es un che.

—Cierto. Pero soy un che oriental.

—Ah, perdone. Lo estaba confundiendo con porteño, que tanto daño nos hicieron. Un abrazo.

Y Eufrasia sangrando.

Cuando me libré del apretón insistí en mi urgencia. El hombre repuso:

—Le explico todo en dos palabras. Estamos a jueves y cae en San Cono, que es el santo patrono de la ciudad. Todas las ciudades tienen. Aquí le llamamos puente. No sé si usted me entiende. Compruebe. Jueves San Cono, viernes salteado, sábado, domingo no se trabaja. Los ricos empiezan a volver con sus coches de sus excursiones los días lunes. Los que no se mataron en la carretera, ida o vuelta. Cada año, aunque no haya puente, San Cono mata más cristianos. Y no le importa que sean mujeres o niños. Está en las estadísticas, que no mienten. En cambio nuestro San Cono, le hablo de nosotros, los pobres, tenemos que recibirlo como una esperanza de algún dinero. Casi siempre en monedas. Nosotros, mi señora y yo, vamos a vender cosas de la fecha, alimentos, refrescos aunque sin hielo. También otra gente amiga se distribuye por el mercado de las pulgas, la feria de Yaro o el Rastro. A cada uno su suerte.

—Está claro. Pero yo vine por esa mujer que...

—Sí, señor. Y yo sólo distraigo y lo demoro. ¿Pero lo demoro de qué? Si usted no la trajo será que no se puede. Para el hospital también es San Cono.

Sólo conservan urgencias pero de ahí nadie se le va a correr hasta la obra del río. Comadrona no conozco. Y menos partera. Se me ocurre una pista pero no le doy garantía. Nos queda el doctor Díaz Grey pero ni me imagino qué puede resultar. Para mí, esa casa tiene algo de misterio. Bueno. Llegar le va a ser fácil.

—¿Díaz, dice?

—Sí, el médico del braguetazo. Mire: toma derecho a la izquierda y cuando ve la gasolinera, una cuadra antes de llegar, dobla a la izquierda hasta el monte de eucaliptus y ahí mismo mira para el río y ahí está la bruta casa con zancos que hizo el viejo loco, millonario después de muerto. No tiene pérdida. Golpee hasta que abran porque esa gente tiene servicio un mes sí y otro no. Buenas personas, sin despreciar; pero algo raras, señor.

Le dije gracias varias veces y obedecí. Fui marcando con las pesadas botas el laberinto que me había dictado y finalmente quedé enfrentado a la extraña casa que habitaba Díaz Grey, médico, con su familia y sus servidores.

Unos metros nos separaban. Empecé a caminar cuando me distrajo y desvió un ruido de gente a mi izquierda, un pataleo arrastrado por música y cantos.

La oí comenzar como un murmullo, cantinela que se acercaba hacia la plaza y desde la iglesia. Más tarde vi sombras y de inmediato el resplandor de los cirios. La procesión la encabezaba un cura tal vez más gordo que los integrantes del desfile sonoro, enjaezado con blancuras y oros y precediéndose con una cruz que no soportaba ni sufría porque casi seguramente la había claveteado el sacristán con dos listones de pino. Así que no hacía otra cosa que alzarla, con su gruesa vela incrustada en la juntura de los palos, de llama estremecida por el isócrono andar del cura que precedía marcha y cántico:

Señor Brausen
por tu amor
pon la lluvia
y quita el sol.

Otras veces creí oír:

Por mi amor

Más tarde y coreando la magnificencia del poema, colocaban sobre el polvo zapatos charolados los representantes del cinismo cruel, los ricos, los terratenientes, los exprimidores de peones que se llamaban y se hacían llamar las fuerzas vivas de la nación. Ignoraban éstos, como ignoraban todo porque habían nacido en cunas de codicia; todo aparte del precio de cereales, vacas y lanas. Ignoraban que quien nació para vintén nunca llega a medio real. Ignoraban que la que nació para provincia nunca llega a ser país. Y desconocían a los seres animalizados por ellos, sobras sucias, el viejo sudor, las alpargatas arrastradas sobre la tierra, única amiga en renovadas y mezquinas promesas, siempre ajena y expectante para acoger en agujeros el final de sufrimientos y esperanzas. Éstos eran los portadores de cirios de llamas palpitantes, ayudando en la noche, sin necesidad, al calor creciente.

Luego la imbecilidad se concentró e hizo temible explosión dentro de la iglesia. Sólo pude distinguir, para burlarme sin palabras ni sonrisas, los gastados nombres de Sodoma y Gomorra. No fueron mencionados los deseables ángeles efebos que, en ejercicio de la democracia, reclamó el pueblo de Sodoma. Pero sí el cura engalanado recordó una lluvia de fuego que ya insinuaba el repugnante calor que agobiaba la ciudad, comarca, provincia, país o reino llamado Santamaría. Y aulló a los sucios desarrapados de cosechas perdidas que la culpa era de ellos, que la seca o sequía había sido impuesta por Nuestro Señor, el de la infinita misericordia, en castigo por los terribles y sucios pecados de los temerosos oyentes. La gleba, hombres que nunca habían deseado hombres, hambrientas mujeres hambrientas que nunca habían deseado mujeres, que sólo sabían cumplir el mandato divino de reproducción despatarrándose y pariendo niños que tenían casi siempre la curiosa costumbre de morir antes de llegar a la incubadora del *Hospital Mariano-Suizo*, donde a veces los admitían.

Tal vez los espantosos pecados habían sido cometidos por boticarios, maestros, alcaldes, terratenientes, caciques. Acaso por la chusma bien vestida y comida que podía permitirse reuniones secretas en las numerosas piezas del burdel y traer desde la capital putas bien vestidas, bien pintadas y teñidas para reunirse allí provistos de buenas bebidas y organizar lo que ellos llamaban una farra.

Pero la verdad es que luego de la procesión y de la falsa indignación profética del cura, el cielo comenzó a nublarse y se escuchó la aproximación de los truenos. Al fondo del callejón donde moría, incomprensible en la lluvia, un último resplandor de sol, naranja, ocre, cruzó buscando guarida en la iglesia una pareja de masturbadores ensotanados.

Casi enseguida comenzó la rudeza de una tormenta de verano, grandilocuente, de gruesas gotas, instalada para siempre en el cielo, ruidosa, inagotable.

Ahora tenía casi enfrentada la casa. Un cuadrilongo blanco y sin gracia semejante a una caja de zapatos, sostenido por catorce pilares. En ese momento empezó una llovizna de hilos de plata muy separados entre sí. Sentí que el agua me resbalaba por la nuca mientras fui y alcancé la casa del médico. Me habían dicho que en un tiempo hubo estatuas de mármol en el jardín pero estaba raso y descuidado. Empujé el gran portón negro de hierro con letras entrelazadas J.P.

Aplastado y azul contra la puerta hostil dentro del overol ya húmedo, algo protegido del agua por una marquesina que sobresalía como un pueril desafío, apreté el timbre con furia y grosería. Estaba solo y temblando y el paisaje anochecido también se veía solitario y en suave temblor detrás de los espesos hilos de la lluvia.

Por fin abrió, impetuosa, una mano que hizo golpear la puerta contra la pared. Me quité la gorra con la desteñida inscripción de una empresa petrolera y quedé enfrentado a una mujer muy alta y flaca, muy rubia, que mantuvo descubierta una hermosa dentadura, en silencio, mientras miraba la sombra del paisaje más allá, por encima de mi hombro. Le quedaban restos de infancia en los ojos claros que entornaba para mirar —una luz rabiosa, desafiante, que se arrepentía enseguida—, un poco en el pecho liso, en la camisa de hombre y el pequeño lazo de terciopelo al cuello; un convincente remedo en las piernas largas, en el sobrio trasero de muchacho, libre dentro del pantalón de montar. Tenía los dientes superiores grandes y salientes, la cara asombrada y atenta.

Siempre sonriendo dijo con frases inconexas que no aceptaban matices:

—Estas malas noches la cosa es que estamos solos y cada lluvia que nunca llueve en el campo nos mata los fusibles y el doctor mi padre se enoja y hay que andar de un lado a otro con el olor asqueroso de las lámparas y ahora tiene que entrar y secarse mientras yo voy a preguntar.

Una carcajada infantil y se fue hacia el calor de la casa dejando la puerta abierta contra la pared.

Abandonado y dudoso, perseguí al rato el ruido de los pasos de la mujer. Caminé por un corredor con suave olor a cuero y me detuve en una arcada donde colgaban cortinas oscuras en los costados. Más allá, adentro, había una gran habitación iluminada y cálida. La mujer se había sosegado sentada junto a la gran mesa con carpeta verde y mantenía con voluntad, más estrecha ahora, la sonrisa sin destino visible.

De pie frente al vidrio combado de un ventanal que daba al río, quieto y de espaldas, un hombre vestido con túnica blanca miraba hacia afuera.

Nervioso por el silencio y la inmovilidad tosí dos veces y el hombre de la túnica se volvió. Era flaco, con escaso pelo rubio, las curvas de la boca trabajadas por el tiempo y el hastío. Me saludó con una cabezada y enseguida dijo, como si hablara a solas:

—La puerta. Nos vamos a helar.

La mujer se levantó y recorrió apática, de regreso, los metros necesarios para llegar a la puerta y cerrarla con otro golpe violento. Después echó cerrojos y cadenas.

Exactamente dentro del sonido rabioso volvió a hablar el hombre:

—No lo esperaba —tenía un gran cansancio en la voz grave—. En realidad no esperaba a nadie. Es cierto que a veces vienen, algún mono de la policía. Pero siempre sin que yo lo presienta. Hágame el favor, siéntese ahí en el sillón. Cerca de la estufa que voy a enchufar. Y pensar que por la mañana nos faltaba el aire. Tanto calor hacía, el ventanal abierto.

La mujer estaba de vuelta, silenciosa y perdida la sonrisa; miraba la noche que se consumaba afuera separada de ella por los vidrios y las cortinas ahora inútiles. De pronto advertí que había desaparecido sin que yo lo notara.

—Una visita imprevista pero previsora, la suya —dijo el médico—. Cuántas veces habrá escuchado a algún idiota que afirma novedoso más vale prevenir que curar. Y lo dice como si acabara de trasmitirle el secreto en el monte Sinaí. Es mi mujer, mi enferma. La cuido, quiero protegerla desde que era una niña. Tal vez vuelva al tema. Ahora le pido que me cuente por qué vino a esta casa. Ya ni soy médico de verdad. Tengo mucho dinero que en rigor no puedo llamar mío. Juego al forense por curiosidad. Maligna, perversa acaso. Aunque por las mañanas voy con frecuencia al hospital. Mi sucesor, Rius, me consulta sobre enfermos y enfermedades. Cree que yo sé mucho. La verdad es que lo que ambos sabemos es muy poco. La medicina no es más que un medio para ir postergando la muerte. Ah, perdone.

Se levantó, rodeando el escritorio y dijo, casi gritando, junto a la puerta por donde había salido la mujer:

—Niña. Del de doce y vasos. Paciencia y buena porque ya falta poco.

Volvió a su silla o butaca, destapó una caja llena de cigarrillos y la hizo resbalar hacia mi furia dominada, expectante.

—Otra vez perdón —dijo sonriendo—. Ahora fumamos y usted habla y yo escucho, que ése es mi destino; y no se trata de escuchar sólo palabras.

—Todo muy interesante. Y agradezco —me burlé—. Pero yo vine con la esperanza de salvar a una mujer. Con tantos raros tropiezos, la infeliz ya debe estar muerta arriba de la mugre del catre.

—Conozco. Bolsas de arpillera rellenas de pasto. Tengo un recuerdo. Después le digo. ¿Enfermedad?

—Muy simple. Estaba pariendo y no podía parir. Sólo mierda y sangre.

—Sí, es la poesía de todos los nacimientos. ¿Es blanca, india, mestiza?

—Mestiza, diría yo. La piel casi negra pero no la forma de la cara, los huesos. Y fíjese, doctor: tiene una hija blanca y rubia.

—Curioso. Algún suizo alemán que no pensó en el racismo. Una urgencia. Se perdona.

—Puede ser. No me interesan las leyes de herencia ni el pasado amoroso de la mujer. Y le pregunto qué hacemos, qué piensa hacer usted.

El médico encendió un cigarrillo y ofreció fuego.

—Gracias, no fumo —le mentí sin saber por qué.

—Lo felicito. Lo que haré yo se llama nada. Escuche. No a mí sino al ruido del agua con piedras en el ventanal. Piense en el zanjón de Genser inundado. Por allí no cruza ni un *jeep* ni un tanque. Eso, en primer lugar. Después tenemos que estas indias son mejores que vacas o yeguas. Para ellas no hay fiebre puerperal porque no saben cómo se pronuncia. Si oyen esa amenaza de muerte piensan que tal vez será el nombre del nuevo alcalde. El milico Got los nombra anualmente. Y en el año que les toca tienen que robar lo bastante para despedirse y vivir de rentas. Ya ve: aquí hay costa y hay fronteras, contrabando como para elegir.

—Sí, para mí no es nuevo. Me han dicho que la mayoría de este pueblo vive del contrabando. De manera directa, quiero decir, o por consecuencia.

—Es casi cierto y a mí me divierte mucho. Pero, *please*, no diga pueblo. Y mucho menos pueblucho, como dijo otro. Con Santamaría basta y yo dije *please* porque lo supongo gringo. Yanqui.

—Oh, no. La empresa, puede ser. Será hija de alguna multinacional. Los compañeros, sí. De esos lugares con nombres graciosos. A mí siempre me hicieron gracia y a veces repito los nombres burlándome pero ellos no se molestan y me devuelven la pelota: Oklahoma City, Idaho.

—Comprendo y estoy de acuerdo. Pero me callo. Además, no tengo con quién hablar. No olvide que Santamaría es hoy casi una colonia de la colonia de suizos alemanes. Llegaron con el Génesis.

Entonces irrumpió la mujer otra vez, flaca y alta, retorcida por carcajadas de origen secreto, manejando una bandeja con una botella virgen y dos vasos. Dejó la bandeja sobre el escritorio sin escándalo, con un deslizamiento, una suavidad deliberada e insolente. Se ausentó una vez más. El médico destapó la botella y sirvió, abundante, los dos vasos y dijo:

—Ya sé que usted lo prefiere así. Seco, como dicen por acá. Lo he visto en el *Chamamé*. Usted cae por allí con frecuencia cada mes para cobrar el cheque de la ruina que llaman correos a la otra que llaman banco. Es como una menstruación regular, sin susto, sin atrasos. Y en el *Chamamé*, puntualmente levanta una puta. Una vez cada veintiocho días. Usted es joven y fuerte. Con perdón, me parece poco.

—No sólo el giro, no sólo putas. Llegan diarios, revistas, discos.

Vio que mi vaso estaba vacío y manoteó la botella para llenarlo y ofrecer. Luego me miró curioso y contenido, calculando cuántas medidas serían necesarias para que yo cruzara el límite feliz o repugnante de mi borrachera personal y exclusiva.

—Sírvase usted mismo. Es tan gratis para mí como para usted.

—Gracias.

Ahora no esperé invitación para llenar mi vaso. El sabor se confirmó cuando espié la etiqueta; sí, Escocia y doce años. Este trago me hizo más triste, más vulnerable al asalto de recuerdos confusos y añosos.

—Y ustedes arriba, no almorzando un asado, que sería grosero. Ustedes comen barbacoa.

—No, doctor, no es así. Comemos lo que a la negra Eufrasia se le ocurra. Muchos días nos tocó locro, y no por ahorrar; cobramos en dólares no sé si ya le dije. En el fondo, la verdad es que tenemos miedo de que se nos vaya. La parturienta, digo.

—Angélica Inés —dijo el médico como si el nombre fuera una orden. Y ella se apartó como un perro temeroso.

—Es de nochecita, papá. Ya es tarde, es hora. Es la hora de que abras la vitrina para mí. ¿No es cierto? Amor, mi bueno.

Esperaba quieta, pedía con los ojos, las manos unidas y sosegadas contra el pubis.

—Hay que esperar y, mientras, conseguir una buena comida. Yo tengo mucho que hablar con este señor que se sigue llamando Carr y es nuestro invitado.

Sin llanto y resignada, con lágrimas que llegaban serpenteando hasta las esquinas de la boca, la mujer me señaló con una mano, dijo «Pero usted no» y se fue saliendo del despacho con lentitud rebuscada, alta la mandíbula de niña enfadada, en desafío al mundo y sus pesares.

Estábamos solos cuando el médico me dijo muy suavemente, sin mirarme:

—Bien. Así que usted es Carr. Me avisó de su llegada el profesor. Pero habíamos quedado en que no haríamos contacto antes de que la costa estuviera libre de ingenieros.

Tomé un trago y me atreví a preguntar, tal vez por culpa del whisky:

—¿Quién está detrás del profesor? Acaso se trate de judíos alemanes, franceses, yanquis. Pienso que serán hijos de los que pudieron escapar de la bestia parda. Ahora poco me importa el mundo. Pero de vez en cuando leo los diarios que me llegan. Y le aseguro, doctor, que no puedo separar malos de buenos.

—Usted no puede juzgar calibrando la bestialidad humana. Habrá visto, tal vez, o sabido de sucesos que van haciendo la historia sin querer. Pero yo, simplemente, no lo hago. Toda la gente no pasa de mierda. Es una categoría respetable si se reflexiona. En un mundo de diferencias, a veces atroces, esa condición nos une un poco. Ustedes, los técnicos y la peonada india. Sometida y aliviándose el hambre con hojas de coca.

Entonces volvió la mujer alta y flaca, con un delantal de payaso o mago. Traía en equilibrio dudoso dos cilindros de latas de conservas y se inclinó para que cayeran ruidosas sobre la mesa. Luego, la cara impasible y silbando un *blues* viejísimo, extrajo de los inesperados bolsillos del gran delantal platos, servilletas y abrelatas.

—Casi servidos, señores machos. Una de las latas es puro botulismo. Ruleta rusa. Adivinen.

Retrocedió dos pasos, hizo una reverencia que casi le dobló el cuerpo y fue retrocediendo de espaldas hasta no estar.

El médico agradeció con una sonrisa burlona que correspondía exacta a la comedia de la mujer. Miró el gran reloj marinero sujeto a una pared y la hora que marcaba su reloj pulsera. Sin incorporarse gritó a la puerta vacía:

—Todavía falta un poco, preciosa.

Parsimonioso, cumpliendo un deber aceptado sin protesta, fue abriendo las latas. A veces se lastimaba y lamía las dos o tres gotas de sangre del dedo herido.

Pedazos de alimentos separados de las latas con golpes de dedos cayeron en los platos. Mientras comía trataba de apartar o mezclar sabores del mar y otros terrestres. Hambriento, me frenaba para no devorar recordando platos deliciosos que había comido tiempo atrás, tan lejos de Santamaría.

Entonces se abrió el ojo amarillo y redondo del teléfono. El médico levantó el tubo y sólo dijo: «Bueno, ya».

Con una sonrisa traviesa fue hasta los grandes vidrios y tironeó de una cuerda para cubrir con la negrura de una gruesa cortina la noche que tal vez estuviera convaleciendo de la tormenta.

El doctor Díaz regresó al escritorio y dijo sin explicar:

—Es así, pero no todas las noches. Piden luz para guiarse, después oscuridad para los desembarcos, siempre silenciosos. Y siempre pagan. Siempre descubrimos una botella o seis, o cajas de dulces también ingleses escondidas entre tablas del muelle. (No me gusta que a algo duro e inhóspito se le designe con una palabra que también significa blandura y alivio. Prefiero embarcadero y mejor aún, si traduzco al francés, *débarcadère;* así se llama el mejor libro de poemas de Supervielle).

—Y la policía...

—Tranquilo, amigo. Ellos son los primeros en cobrar.

Desde hacía rato, molesta como una abeja, la canción infantil se interponía entre nosotros. Monótona y tenaz, trepaba sin pausa apoyándose en su propia estupidez para reiterarse y subir.

> *Una cosa me encontré*
> *cinco veces lo diré*
> *y si nadie la reclama*
> *con ella me quedaré.*

—Es mentira —dijo el médico mostrando una sonrisa de cariño—. No puede haber encontrado nada. Se trata de un viejo juego y yo sé cómo termina. O cómo ella quiere que termine.

Se puso de pie para agregar:

—Le voy a pedir un favor, si no es abusar.

—Yo, si puedo...

—Gracias.

Fue hasta la vitrina casi junto a la negrura del balcón o ventana. Sacó un puñado de llaves que surgieron del bolsillo trasero del pantalón. Miré desconcertado la cantidad de llaves exhibidas y su desparejo tamaño. Las había diminutas y otras enormes cuyo uso era insospechable.

Una vez más, desde muy abajo y como apenas cubierta por una leve capa de tierra, subió y se fue repitiendo tanto, que de infantil se volvía estúpida:

Una cosa me encontré
cinco veces lo diré
y si nadie la reclama
con ella me quedaré.

Díaz Grey movió la cabeza, negando y sonriendo.

—Es un viejo juego —repitió—. No encontró nada porque todo está aquí, en la vitrina. Pero ahora le pido ese favor. Que termine su whisky y baje a preguntarle qué encontró. No hay peligro.

Levanté el vaso sin beber y vacilé entre callarme o decir una grosería a la cara flaca y cínica que mantenía su sonrisa paternal.

—No —dijo Díaz Grey—, ni alcahuete ni cornudo. Hace años que mandé al mundo, hombres, mujeres, a la putísima madre que los parió. Hace mucho tiempo que nos casamos, que luché para conseguir que fuera mi mujer en la cama. Ella, la gringa, tenía terror. Es posible que haya tenido que violarla y luego meses de mimos y abstinencia. De pronto, un día de verano vino a ofrecerse. La tomé con dulzura, sin agresión, lento, paciente. La convencí de que éramos padre severo e hija traviesa. No me importa decirle que vivimos en pleno incesto. Y muy felices. Sospecho que ella sigue masturbándose porque hay sueños que ignoro, hay defensa contra un posible macho poseedor. Sólo yo, tan como distraído, sin dar importancia a lo que hacemos. Tan papá con su hijita querida perniabierta y tranquila, en paz, sin sombras de miedo, con una sonrisa de bondad y picardía.

—Vaya, por favor. Es asunto de terapia. Hace dos años o tres que quiero cuidarla de ella misma. La voy a curar antes de morirme.

—Pero qué puedo...

—Curarla de ese terror a la gente. La quiero sana aunque gaste y pierda tiempo. Algo de animalito salvaje. Baje y háblele. Como desinteresado, sin hacerle mucho caso.

Antes de que yo bajara la mujer había subido y estaba ahora sentada en la esquina de la mesa más próxima a la puerta y respiraba silenciosa abriendo la boca, los ojos parecían ciegos. El médico sonrió mientras retrocedía; en la zona de penumbra su bata había endurecido y semejaba mármol.

—Perdóneme —dijo—. No quería molestarlo. Me pareció prudente.

—El coche —murmuró la mujer sin moverse—. Tiene que haber venido en coche.

—No nos asusta el agua —porfié casi insolente—. Vine porque una pobre mujer se está muriendo. O ya está muerta, con tanto perder el tiempo. Vine en un *jeep* tan acostumbrado como yo.

El médico volvió a su sillón, a la mesa excesiva, y dijo con voz suave:

—No me gustan los gritos. Aunque aúlle como un perro extraviado no podrá resucitarla.

Permanecí erguido, aceptando el fatalismo, dejando que se me evaporara la indignación y el sostenido impulso que lo había alimentado durante el viaje, el contemplar la procesión a medias entendida, la entrevista con el dueño de la extraña casa lacustre, altiva desde sus catorce pilares. Desvié la mirada, buscando un posible apoyo, hacia la mujer sentada en el ángulo del escritorio: no había ojos que me correspondieran; la cara flaca, aplastada entre dos manchas de pelo amarillo, estaba llena y estremecida por muecas que le retorcían la boca y le agitaban la piel que rodeaba los ojos dilatados.

El médico la miró y de pronto fue como si estuvieran solos, ella y él, sin la presencia del intruso, sin lluvia o tormenta, sin el vibrato de angustia que agregaban a su clamor ronco los remolcadores en el pequeño puerto. Luego, sin dejar de mirarla, el hombre de la túnica manoteó sobre la mesa buscando algo que no pudo encontrar y bruscamente volvió la cara hacia mí para recitar nervioso y rápido:

—Usted no puede volverse ahora, ni yo puedo. En su camino está inundado el zanjón de Genser, que los gringos nos dejaron para marcar diferencias. No hay esta noche ningún auto que pueda cruzarlo sin quedar ahogado. Vayan por favor a meter el *jeep* en el garaje y vuelvan para abrigarse y comer algo.

El rostro de la mujer se fue sosegando hasta la calma.

—Dame —imploró con voz de niña.

—Sí —dijo el médico—, pero no todavía.

La mujer se dejó caer hasta pisar el suelo y se acercó para besarlo en las dos mejillas. Luego se colgó de los hombros un impermeable azul oscuro, chasqueó los dedos para ordenarme que la siguiera y corrimos afuera, mojándonos, hacia la boca del garaje, abierta en la sombra, paciente en su espera.

—Traiga su coche —dijo la mujer mientras entraba en la sombra del garaje y palpaba una pared hasta encontrar la llave de la luz que brotó amarilla y pobre, colgada de un cable desde mitad del techo.

Logré vencer rezongos y toses del vehículo y lo manejé lentamente hasta introducirlo en el garaje. Apagué el motor junto a un automóvil, largo y oscuro, al que le faltaba una rueda delantera y se apoyaba, embarrado y polvoriento, sobre un caballete.

Cuando bajé del *jeep* recibí el llamado, la voz engrosada de la mujer. La distinguí, más flaca y alta, empujando la pared con su espalda. Dejó caer el impermeable, fue alzando con desmayo el vestido y, levantando los brazos, se crucificó contra la áspera pared del garaje.

—Venga —roncó—. Venga y tóqueme por Dios, por lo que más quiera. Tóqueme. No puedo más— lo dijo como pidiendo perdón.

Sin deseo y sonámbulo me acerqué a la mujer y apoyé dos dedos en el pelo. No había ropa que apartar. Luego, por instinto, los bajé hasta la humedad y estuve subiendo, bajando, hundiendo sin saber si era eso lo que suplicaba la mujer. Sí, era eso. Proseguí moviendo la mano, ridículo, avergonzado, sin conocer con nitidez aquello que estaba pasando, los dedos en su lento pasar torpes e incansables bajo suspiros y un llanto de gatito recién nacido hasta que sentí que la mujer se derramaba y dejaba caer los brazos, el cuerpo ahora con los muslos cruzados, siempre apoyado a la pared, sin llegar a las manchas aceitosas del piso.

La mujer se fue irguiendo lentamente con temblores y suspiros, los ojos dormidos hasta que me reconoció. Yo había retrocedido hacia los coches, la mano fatigada escondida en un bolsillo. La mujer pareció saludarme con una sonrisa tímida que se ensanchó de pronto hasta convertirse en impúdica; proponía complicidad y olvido.

—Vamos —dijo—, que nos está esperando y ya no sé cuánto tardamos. Al apagar la luz se detuvo un instante para agregar «querido», afirmando con la cabeza, y volvió a correr en la noche bajo la lluvia rabiosa, tropical.

El médico estaba ahora sin bata y mostraba un traje azul y caro, camisa blanca y una corbata de color vinoso. Acaso sujetara los puños con gemelos. Y parecía que allí arriba el tiempo hubiera demorado más que en el garaje porque el doctor parecía recién bañado y afeitado, puesto en el sillón frente al escritorio como un ser flamante, desterrado de cualquier ayer imaginable. Estaba jugando, jugueteando, con un sabot de madera lustrosa y con algunos naipes que salían. La mujer no estaba. Pude estar mirando los preparativos de un tahúr, suavemente perfumado, para una gran noche de estafa o desengaño. Muchas horas, un sueño de imposible cumplimiento en aquella Santamaría, desierto monótono que interrumpían a veces presencias que no llegaban a ser tales, que no significaban.

La mujer entró, se acercó a la noche del ventanal y restregó la nariz en el vidrio. Luego se acercó al médico con una sonrisa infantil doblando su largo cuerpo en una curiosa actitud, sumergiéndolo en la infancia y el desamparo. Besó muchas veces, con labios silenciosos y picoteo de pájaro, la mejilla del hombre, acarició con la lengua la oreja hasta que la detuvo un rechazo que no aparentaba violencia ni repulsa y se fue.

Creí llegado el momento de despedirme y me puse de pie.

—Bien —dijo el médico—. Creo que los gringos se irán dentro de pocos meses. Entonces comenzará su tarea. Entretanto disfrute del clima y no se mate trabajando. Ya avisaré.

Una sonrisa burlona y nos dimos la mano.

Bajé la escalera y la encontré junto a una mujer de pelo muy negro. Estaba molesto y mis ropas seguían húmedas.

Ella abrió grande la boca pero sin que saliera el grito, fue retrocediendo hasta oprimir las espaldas contra la otra mujer, un brazo alzado como para protegerse de un golpe, una amenaza, una mala palabra. Después aulló:

—Váyase, no me toque. No quiero verlo nunca más. Si no se va enseguida subo y le cuento a mi padre la cochinada que me hizo en el garaje.

Por un momento quedé inmóvil, algo aterrado ante el charco incomprensible de la demencia. Los ojos de la mujer, endurecidos, brillaban de furia y miedo. Después sólo pensé: Yunta de locos, y caminé cauteloso hasta la puerta de salida.

No había lluvia, un enano vapor estaba subiendo desde los pastos de las calles y nubes negras y remotas dejaban filtrar, calmas, la amenaza de un nuevo día.

Supe que durante mi ausencia Tom, Dick y Harry habían vuelto a vigilar el trabajo del peonaje negruzco, flaco y semidesnudo que iba regresando al río. Una barra de hierro golpeada contra un trozo de vía de tren fantasma con la energía rabiosa del capataz. Éste era un mulato sonriente, engreído, adulón de los gringos, despiadado con sus esclavos famélicos.

Nadie pudo ver a Eufrasia en aquella ardiente soledad. Sólo imaginarla desprendiéndose primero de la confusa humedad de la arpillera del catre, manoteando y rompiendo una rama de un árbol que adornaba la entrada de la casa y caminar luego, apoyada sin arriesgarse en el improvisado bastón. Debe haber caminado pisando pastos que se erguían esperando la tormenta que baladronaba en los cielos. Lenta, paso a paso sobre asperezas que subían y bajaban, moviendo las piernas con ritmo de muñeco, piernas de madera.

Y así habrá llegado al borde del agua que llamaban arroyo. Cargaba en la espalda una bolsa de trapos. Allí buscó entre los yuyos que alimentaba el agua, estuvo eligiendo y apartando hojas y, cuando logró dos puñados de las infalibles, las fue amasando mientras murmuraba plegarias en un idioma que había muerto para los gringos siglos atrás. Con esa pasta vegetal se frotó el vientre hinchado sin dejar de hablar con los dioses de la selva. Luego se arrastró hasta la orilla del arroyo y esperó sufriendo, despatarrada, segura de su triunfo.

Había olvidado traerse un cuchillo o una navaja que hubiera olvidado cualquiera de los hombres de la casa. Pero tenía allí, junto al arroyo y en abundancia, árboles de yaba con sus hojas ovales y tiesas de bordes filosos como los de un cuchillo gastado.

Así que los tres muchachos rubios, cuando regresaron malhumorados de la obra, no encontraron a Eufrasia ni comida. Recurrieron a restos de lechón asado y a las latas de conservas y estuvieron mascando, bebiendo agua mineral, mientras la noche se apuraba. Rabiosos, aplastaban insectos alrededor de la lámpara maldiciendo a Eufrasia y a su ausencia, puteando a los peones que habían exigido doble salario, doble miseria, por trabajar en el día de San Cono.

Y al final de la cena de penitencia, luego de cambiar recuerdos y nostalgias, se preguntaban en voz alta y sin respuesta qué había sido de mí. Mientras fumaban sus cigarrillos importados, el más pecoso dijo en inglés: «I heard some of the darkies talking about going on strike. Yes I'm sure. Someone said strike. There must be a communist infiltration. I think we'd better advise the Enterprise*».

—Y a la CIA.

—Y, según el capataz, el San Cono ése sólo hace milagros para los ricos. Porque hizo llover en la ciudad y aquí, en los campos, ni una gota.

Eufrasia volvió a la casa antes que yo regresara. Ya no se apoyaba en su falso bastón, el revoltijo de trapos colgando en la espalda delataba manchas oscuras. Iba muy lenta, siempre con las piernas rígidas y al pasar cerca de la mesa y los hombres, sólo dijo «perdón» y se hundió en la oscuridad para tirarse en su catre. Hubo que esperar al almuerzo del día siguiente, presidido ahora por mí, para que ella explicara lagrimeando mientras vigilaba la carne en el asador:

—Era un machito y se lo llevó el agua. Yo traté de manotear pero el arroyo me pudo. No lloro porque los angelitos van al cielo hasta sin bautizar. Me lo dijo el padre.

---

* "Oí a algunos de los negros hablar de ir a la huelga. Sí, estoy seguro. Alguien dijo huelga. Tiene que haber infiltración comunista. Creo que mejor avisamos a la Compañía".

20 de septiembre

El trabajo ya concluido y el calor, excesivo para estas fechas, me habían impuesto el hábito de madrugar. Cruzaba los cientos de metros que me separaban del extremo de la loma, pisoteando con las botas embarradas el nunca nada más que recién nacido pasto amarillo.

Miraba distraído el cumplimiento del amanecer, la claridad de la mañana, la vaga, siempre mentirosa insinuación de brisa que simulaba tocarme la cara. Encendía el primer ardiente *Gitane* de la jornada y miraba el riacho, la lejana mancha negra y tuerta, parecida a un insecto y totalmente inútil. Evoqué, laxo, figuras y rostros que había abandonado sin remordimiento. Aquellos ingenieros jóvenes a los que fingí haber ayudado ya estaban de regreso en ciudades remotas a las que llamaban patria y hogar. La represa, construida por indios y mestizos de costillares casi visibles, hambrientos, nunca del todo borrachos, repugnantemente dóciles bajo sus gritos, sus insultos obscenos de acento cómico. Tenía que ser así y así había sido.

Desde la casona blanca llegó la voz de la Eufrasia:

—Comida, don Chon.

A veces me llamaba don Chon, otras patroncito.

También, a veces, la niña rubia se acercaba para embarullarme los recuerdos. Pedía cuentos y yo le daba algunas monedas y enormes mentiras.

Ella me escuchaba con ojos desconfiados y una sonrisa inquieta que se asomaba y se iba.

Tenaz, nunca del todo satisfecha, la niña interrumpía las invenciones con preguntas que provocaban mentiras mayores, respuestas que no convencían.

Cuando, meses después de la primera reunión, Elvira, la niña, comenzó su turno de mentiras propias, quedé asustado y desde entonces la pensé de manera distinta. Porque la riqueza de las fantasías infantiles me desbordaba e iba convirtiendo en persona a la niña mugrienta y descalza que parloteaba a mi lado.

Era inevitable que los mejores amigos del hombre se acercaran desde ignotos rancheríos para intentar ser alimentados a cambio de lamer manos y mover la cola.

El primero se asomó con miedo y curiosidad por una esquina de la casa. Tenía color canela y por lo tanto, en exceso de originalidad, los otros tres hombres lo bautizaron *Canela* o *El Canela*.

Este primero recordó su infancia, la época en que era cachorro y todos sus destrozos provocaban gracia, simpatía y a veces hasta cariño, dependiendo de la idiosincrasia de los distintos amos. De modo que al principio, una vez admitido con indiferencia, comenzó a corretear persiguiendo mariposas que no había, ladrando a pájaros que huían y regresaban. Luego, cansado por años y penurias, miraba con ojos de perro a la mal hecha mesa de tablones donde —lo sabía desde el principio de sus acrobacias— había comida, cuatro hombres comiendo algo. Su olfato no descubría nada especialmente tentador; pero aceptó un hueso descarnado que le tiraron con desgana y desprecio, como se da limosna a un mendigo molesto, casi insolente.

Este perro desapareció como los demás y nunca volví a verlo.

30 *de septiembre*

La primavera se insinuaba, para retroceder con vergüenza luego de dos o tres noches sin estrellas y abundantes truenos que buscaban ser temibles antes de su previsible renuncia. El débil sol del invierno se mantenía entibiado, soportable. El río, siempre manso, continuaba atesorando temblores y brisas.

En la casona próxima al agua habitábamos solamente Eufrasia, yo y la chiquilina, Elvira, a la que su madre llamaba Vira, Virita o criatura de mierda según los humores que traía al regresar de sus visitas a la ciudad. Según le hubiera ido porque ella, increíblemente, conservaba clientes y era fértil en variaciones.

Como consecuencia de la fallida imposición del verano, nos quedó una llovizna de hilos muy delgados, permanente en noches y días y que parecía impregnada por los olores de la selva nunca invadida.

A veces dedicaba mis días, tórax desnudo, a recitar viejos cuentos a Elvirita que, sentada en mis rodillas o medio dormida en la pequeña cama, corregía con puñetazos amistosos toda modificación a la leyenda ya escuchada, ya sabida.

Después de la siesta, costumbre ineludible y feliz ignorada hasta mis veinticinco años de edad y descubierta con placer en el bochorno sanmariano, aceptaba los mates con yerba y yuyos que me cebaba la Eufrasia.

Y, en uno de mis viajes a Santamaría, el doctor Díaz Grey me dijo: «Amigo, ya sólo le está faltando un pingo rosillo o tubiano o pangaré o como sea que los llamen, para convertirse en el gringo que se salvó de la selva pero se tragó el folclore». A todo yo sonreía sin dar respuesta. La represa aguantaba así como yo soportaba la vida inmóvil a la que una entrevista y luego una carta me tenían condenado.

Más de una noche, bajo el mosquitero sospeché que mi destino estaba unido al de la represa, embalse o presa.

La llovizna persistía para todos y era fácil imaginar un vasto mundo lloviznando sin pausas. Y, atravesando la terca cortina de agua, llegó una tarde a la casona el cartero. Había venido pedaleando la bicicleta. Habib era gordo y calvo, renuente a la jubilación. Sólo ofrecía un papelito estrujado, sucio de firmas y sellos.

Ante las ofertas y simpatía, Habib mostró los largos dientes amarillos bajo el bigote triste y repitió su vieja broma.

—Yo tengo dos dioses y los dos son únicos y verdaderos. Así que se anulan. Denme, si tienen, achuritas de chancho y un buen trago de caña.

Comía cerdo, saboreaba caña y aquella tarde aconsejó:

—Vaya pronto, don, que es un cajón muy grande y pesado. Verdadera tentación, creamé. Usted ya debe saber, a esta altura, con qué bueyes aramos.

La gran caja era la respuesta a mis pedidos. Pero Eufrasia y la niña quedaron boquiabiertas y como paralizadas por esperanzas distintas, la curiosidad y la avidez. Tan distintas, porque Virita sólo esperaba sorpresas y la medio india valores.

La caja no era tan grande como la habían soñado. Con cuerdas y alambres pudo ser traída desde la ciudad hasta la casona en mi *jeep* y tuve que atravesar la espesura mental de un terceto de burócratas ávidos de pesos y explicando que todas las demoras y las imbéciles, reiteradas preguntas, se hacían por obediencia debida. Pagué dócil, pasivo, esquivando curiosidades, hasta que pude adueñarme del tesoro ignorado que contenía la caja de madera y que sospeché inferior a los sueños y ansiedades de la triple espera. Tal vez también el cartero y su bicicleta quisieran enterarse.

Aunque reducida en la esperanza, la caja había atravesado medio mundo cargada de sorpresas e incomprensiones. El cartero de los bigotes tristes ayudó con un fierro y un martillo a destaparla. Adentro había un tocadiscos último modelo, una caja más pequeña cargada de discos que llegaron sin quebrarse. Además, y sobre todo para mí, dos docenas de libros editados en francés y con las muy conocidas cubiertas amarillas y un álbum con reproducciones de cuadros famosos.

A la luz de la lámpara *Aladino* la noche se prolongó en alegrías, desdenes y explicaciones elementales.

—Por qué no habrá mandado alimentos —dijo Eufrasia— o tan siquiera una radio, que todo el mundo tiene.

La niña repetía una pregunta que variaba entre por qué y para qué. Finalmente, luego de darle una buena propina al cartero, me anulé llevándome un libro a mi camastro de hojas y acomodando a mi lado la lámpara que me permitiría lastimarme los ojos hasta el amanecer. Releía viejos libros como si estuviera logrando unirme de verdad a los autores y el placer se mezclaba con la tristeza de sentirme ausente, tal vez para siempre, del mundo de verdad, del mundo que yo había conocido y donde en la adolescencia fui formando con días y noches mi personalidad. Tal vez cuando se insinuaba el amanecer ardiente, llegué hasta apretarme la mandíbula para no llorar. Pensaba que cada ciudad, cada etapa de la vida hacen un mundo y me era impuesto comparar este mundo del río de Santamaría de los hombres analfabetos y el ambiente del *Chamamé*, antro donde cada tanto iba a elegir a mi puta. Siempre que el tiempo lo permitiera. Mi cerebro tenía un recurso llamado Díaz Grey pero al cual ahora me era imposible recurrir. Me iba angustiando la atenuada sospecha de que el resto de mi vida pudiera transcurrir frente al río y la represa, junto a dos hembras de edades muy distintas y semianimales. Pero la autocompasión y la nostalgia, exageradas sin quererlo, no eran útiles para el consuelo.

Los años pasados en Francia, a pesar de hambres, fríos y lluvias, habían sido un estar en el mundo. Aquí, a pocos kilómetros de un pueblo que aspiraba a ser ciudad, me sentía como testigo del nacimiento de la vida terrestre. Los insectos de formas extrañas y siempre voraces de sangre, los aullidos de animales todavía desconocidos que llegaban desde el bosque me confirmaban que no estaba verdaderamente habitando un mundo real.

Todavía puedo recordar, como si la hubiera visto alguna vez, aquella caja de cigarrillos. La habían hecho de madera cara y delgada, de inexcusable color habano. La tapa, de cerámica coloreada, reproducía fielmente la escena que adornaba la tabaquera de Pirron que le fue hurtada en un convento donde le dieron amparo en una noche tempestuosa.

Aunque el álbum tenía como título *Pintura de Francia* grabado en grandes letras doradas, casi insolentes, encontré la reproducción de un cuadro de Picasso. Se llamaba *La cortesana con el collar de gemas* y recordé de inmediato cuánto me había deleitado y hecho sufrir aquella mujer durante unos meses que vagué por Buenos Aires como marinero sin patrón.

Recordé aquellos días, aquellas tardes —menos los lunes— en que el museo estaba abierto. Allí se exponía una colección de pinturas que mostraban el gusto exquisito y seguro de quien había ido comprando los cuadros. Ahora los herederos la ponían a la venta y la Cortesana amenazaba irse en el lote, como sucedió.

Tuve lástima y simpatía por aquel muchacho, bien vestido con pobreza y mal alimentado pero compensado por aquel amor absurdo, por la fijación de sus ambiciones. Pero el ser perdido que una vez, en un tiempo, fue parte y principio de mí mismo había sido más joven, con distancia de años, así que todo buen sentimiento estaba manchado por la envidia. Echado en el camastro, mirando la cara sensual y ordinaria de la mujer con su gran sombrero emplumado, imaginaba estar a espaldas del muchacho extraviado, tolerado por los guardianes, los ojos clavados con reflexión y éxtasis en la pintura tan ajena.

La claridad, nunca el sol, apoyándose con alegría en las piedras del collar. Un día antipático, frío y ventoso, cuando los estudiantes festejaban la primavera ausente en calles y plazas, entré al museo y fui sorprendido por el caos. Los caballetes habían cambiado de sitio, de las paredes colgaban otros cuadros y mi amor ya no estaba. La injuria al pie de la lámina en la que se leía *Memorial Reagan Museum. Texas* era aumentada por un cartel: *Exposición de pintores argentinos postmodernos*.

Dejé el recuerdo y con un sentimiento de posesión y crueldad clavé a la Cortesana contra un simulacro de tabique hecho de tablas. Sabía que al poco tiempo el verano eterno y sus manchas de sol iban a amarillear a la mujer, la iban a torcer e hinchar como el cuerpo de una embarazada.

Elvirita arrastraba y torturaba los restos de un camioncito de juguete, sentada en el polvo. Me espiaba y simulaba volver a su tarea. No consiguió respuesta cuando preguntó:

—¿Ésa es tu novia? —y luego—: ¿Para ser señora hay que ponerse un sombrero así?

Y una tarde sin Eufrasia, llena de nubes blancas, con amago increído de tormenta, estaba leyendo un viaje que hizo mi amigo Bardamu (era uno de mis amigos, nunca vistos, los que imponían talento con palabras, frases, a veces libros enteros) cuando Elvirita preguntó:

—¿Qué hacés?

—Leo —respondí sin mirarla.

—¿Qué cosa? ¿Qué es leer?

—Palabras.

—¿Están todas en el libro que lees?

—Todas.

—Las que dice la mama y yo también —preguntó la chica.

—Todas. Todas las palabras se hacen con letras.

—¿Qué son?

Le mostré una página del libro y señalé con el cigarrillo sin encender.

Llegaron las lluvias. Hace días que llueve sin viento y las rayas brillantes parecen agujas de metal finas para siempre, impuestas con odio para aumentar depre, mufa, haina, cafard.

Bien sé que siempre se está rodeado de campo, siembras y cosechas, sobre todo viñas, y habrá miles de personas alegrándose con el agua bendita que puede salvar lo que plantaron con fatiga, recogerán con fatiga para esperar el fatigoso chalaneo con los compradores que se habrán descolgado desde las ciudades para estafar y mentir promesas. Claro que los enviados no son más que eso. Atrás están los empresarios, las multinacionales invisibles y seguras de que el chalaneo les resultará ventajoso.

Pero mi mal humor no se contagia de las alegrías pasajeras de los destripaterrones. Algo le pasa a mi vista y leer me resulta molesto. Lluvia y nada de libros y el olor grasiento de las comidas que prepara Eufrasia (A que está muy rico, verdá patroncito) y además apestan las inevitables tortas fritas.

Cuando le agradecí con una sonrisa de buena digestión algo que no sé qué era y que podría llamarse, con ironía cruel, *tournedos aux fines herbes*, sonrisa que ella me devolvió con su perfecta dentadura postiza y unas llamitas esperanzadas en los ojos, tuve un pequeño susto por la situación, por ella y por mí mismo.

La cara de la mujer seguía siendo inadmisible pero las nalgas podían competir ventajosamente con las de cualquier muchacha africana. Por lo menos, en aquella media tarde entibiada y lluviosa, yo empezaba a sentirlo así. Y sólo había tomado un buche de aquella caña que la mujer adobaba con hojas de coca que debían agregarse al primer hervor, como me fue explicado.

No puedo saber por qué este recuerdo, esta imagen, que nada parecía anunciarme, se mantiene imborrable después de tantos años. Puedo pensarla hasta en sus detalles más triviales.

Estaba durmiendo mi siesta hasta que el calor y un mal sueño me despertaron. Me levanté tratando en vano de sujetar la cola del sueño y salí a la resolana. Entonces lo vi. Estaba quieto como una estatua, toda la figura tostada. Tendría unos ocho o nueve años, desnudo el tórax escuálido, el pantaloncito sujeto al hombro con una sola tira de trapo. Cuando me extrañé al descubrir que su brazo izquierdo sostenía contra la cadera un perrito del mismo color bronce que él, me mostró una sonrisa que proponía amistad y era blanquísima.

—Perdóneme, señor, que le haya entrado a las casas sin permiso.

Traté de devolverle la sonrisa y anduve unos pasos para ponerle una mano protectora encima del pelo endurecido por la mugre y toqué al perro con un dedo.

Él dejó en el suelo al animal que se apresuró a olisquearme los pies descalzos. Entonces el muchacho se puso a recitar:

—Aquí ando vendiendo perros de pura raza y su precio es a voluntad.

—Conozco esa raza —le dije—. No me acuerdo si se llama cinco o siete leches.

—Perdone, señor. Los hermanitos sí pero éste no. Lo que pasa es que la madre es una perra muy paseandera. Le juro que éste no, señor. Si no me cree tírele del cuero del cogote y va a ver.

Lo hice y puse cara de satisfecho. Cuando mi voluntad se concretó en un billete, el muchacho se asombró.

—¿Todo? —preguntó.

Esperaba monedas; retrocedió unos metros sin darme la espalda, luego se volvió y se puso a correr.

Cuando Eufrasia hacía la comida al aire libre, y esto a través de un número incontable de meses se había hecho frecuente, me sobraban perros vagabundos con los costillares casi visibles.

Aquel perrito, perro perrazo, tenía un exceso de fidelidad. Me resultaba imposible apartarlo de mí. Dormía en mi cama hasta en noches calurosas y me acompañaba en el *jeep* cuando iba de visita al pueblo. Todas mis negativas, mis falsos gritos y amenazas morían en su mirada cariñosa.

Nunca logré que Eufrasia lo tolerara. La mujer me auguraba pestes numerosas por mis aproximaciones físicas con la bestia que se portaba con la mujer mostrando una indiferencia tan insolente que parecía no verla ni escucharla. El perro causó muchas discusiones con Eufrasia aplacadas con caña paraguaya, pero nunca en la cama. Tal vez la más apasionada fue la provocada por la ceremonia oral del bautizo. En recuerdo de un perro muy querido y nunca visto decidí llamarlo *Trajano*.

Cuando lo supo, Eufrasia comentó entre risas:

—El patroncito está de broma. Nombres de perros son Fido, Capitán, Lobo, Pelín.

Recuerdo que aquella mañana, al afeitarme había descubierto muchas canas en mis sienes y esto me puso malhumorado y triste. Le dije a Eufrasia con grosería:

—El perro es mío y lo nombro yo. Se llama *Trajano*.

Pero día tras día mi resolución se fue gastando y el perro acabó por obedecer a la sonora sílaba de *Tra* y se hizo tan amigo mío que a veces su cariño era un estorbo, tal como me sucedió con alguna mujer de mi pasado.

Y en este cuaderno de memorias el perro *Tra* es inexcusable: porque me acompañó hasta el final, porque jugaba conmigo cuando se produjo en mi vida una dicha muy grande, como también una melancolía que conservo hasta hoy.

Cuando Eufrasia se llevó a Elvirita —El padrino la quiere estudiante— me privó no sólo de la niña, sino de disfrutar de ese encanto que se llama infancia y que va desapareciendo, según yo la siento, a partir de los tres años. Comienzan a escasear las sorpresas, tan abundantes cuando se avanza tanteando, palpando con dedos tímidos y todavía inocentes el mundo, sus asperezas y sus blanduras acogedoras.

Flotando ignorante en la dicha de la infancia, Elvirita derrochaba raros privilegios. Mucho tiempo pasó y puedo ver la vieja carretilla sin rueda, gris de madera y polvo. Junto a ella la niña invitando con la pregunta que ordenaba:

—¿Dale que esto es un tutú?

Yo aceptaba sin palabras y sentado sobre el mueble en ruinas viajaba inmóvil, confiado en la pericia de ella, manejadora del gran automóvil de lujo, dándome la espalda, gritando incomprensibles voces de mando.

También puedo verla una noche de calor y luna llena sentada a mi lado en la vereda de ladrillos frente a la casona. Algo le habría dicho Eufrasia sobre el hombrecito que en la luna cargaba eternamente un haz de leña. Le dije que no era cierto, que a la luna sólo iban las niñas buenas. Entonces no ella, sino la infancia apuntó con un dedo sucio al enorme disco y dijo:

—Yo no voy. La luna está lejos y siempre, lejos hace mucho frío.

Y además, infancia me estuvo dando un día y otro las pequeñas alegrías de las palabras mal pronunciadas. Recuerdos desvaídos por los años y la lejanía. Tal vez enfriados, como dijo la niña.

Estaba muy lejano el tiempo en que, padre y maestro cariñoso, la sentaba en mis rodillas para enseñarle el alfabeto.

Con fingido desinterés hice a Eufrasia una pregunta distraída y ella me explicó en su lenguaje personal que la chica está con sus padrinos, él es un militar retirado (aquí imaginé al viejo baboso) y la tienen como a una hija, tiene amiguitas y está grande que no la va a conocer, no es que aquí gracias a Dios haya faltado nunca la comida pero los padrinos le dan comida compensada o no sé bien cómo la llaman.

Imaginé a la muchacha gorda, obesa, perdiendo por los mofletes el encanto de la inocencia. Olvidé su recuerdo y mantuve la tarea autoimpuesta de anotar los largos pasos que iba dando hacia la civilización mi franja de tierra sanmariana. Ante todo la desaparición de la llamada barranca Yaco, progreso que me permitió reanudar mis visitas al *Chamamé* ya que mi *jeep*, misteriosamente inútil, ahora funcionaba de manera perfecta, también misteriosamente.

Ya no existía el puentecito de madera y barandas de soga que cruzaba el río para unir ambas Santamarías. Ahora yo veía blanquear la superficie de una lengua de cemento —hasta se hacía sostener por tres arcos— que soportaba el paso de grandes camiones siempre que lo hicieran bien distanciados y en fila india. Y por sobre todo yo tenía, otra vez en mi vida, la primavera con su inquietud, con la imposición de hacer proyectos y con muchas noches castas en las que Eufrasia me reiteraba la jarra de lata y yo bebía y fumaba sentado afuera en un sillón hecho para un trasero mayor, contemplando el lento viaje de la luna sobre las copas renegridas del bosque.

Pero debajo de cada primavera están acumuladas, inconcretas, otras, de recuerdo ya envejecido que han depositado para siempre su gota de dulzor o amargura en la memoria. Gotas que reviven e impregnan sutiles la primavera recién nacida. Y sí, el pasado es inmodificable.

Un atardecer me fui llenando de ganas de visitar Santamaría Vieja y el *Chamamé* con la esperanza de encontrar alguna puta no repugnante, no demasiado estragada y con el carnet de salud al día. Además podía cumplir con el pedido de la loca mujer-hija y visitar al médico que siempre velaba hasta la madrugada.

No me atrevería a decir que el *Chamamé* fue descubrimiento mío. Hace muchos años que un amigo muy querido me habló de ese local de baile, por entonces casi increíble. Aquel amigo era hombre de pocas palabras, pero cuando andaba estimulado hablaba muy largo y con una prosa que no puedo comparar, por su belleza, con ninguna otra que yo haya escuchado. Aun forzando el inútil recuerdo. Pero el querido amigo sólo conoció al *Chamamé* con luz de día. Subsiste, sucio por el tiempo y el mosquerío, el cartel no siempre respetado que prohíbe «el porte y uso de armas». Están también, carcomidas y aún firmes, las gruesas vigas de madera que parecen, ahora, sostener o decorar el espectáculo nocturno hecho con putas, matones, borrachos de cualquier origen, milicos y curiosos arriesgados. Faroles a gas alumbran desde las vigas y construyen sombras movedizas y grotescas para las parejas que bailan y sudan.

La primera vez que bajé por los tres escalones que llevaban a la sala del *Chamamé*, la gente escaseaba, era un lunes. Elegí una mesa, me senté y pedí una caña al negrito Justino que entonces hacía de mozo, como hizo de tantas cosas antes y después.

El ambiente parecía vacío y yo en el centro. Allá por el fondo dos mesas con parejas que discutían de amores o precios. Próxima a mí una mesa con mujer sola. Tal vez esperando a un cliente fijo o a su macho. Fumaba como yo y de vez en cuando llenaba un vaso de una botella ya mediada del espantoso vino de la casa.

Al poco rato empecé a sentir o apenas intuir que algo raro sucedía en la mesa de la mujer próxima y solitaria. Supe que no estaba borracha por la firmeza con que sus manos usaban el encendedor plateado y los cigarrillos. Pero, sin dirigirse a nadie, mirando la madera de su mesa, el cuerpo abandonado al desinterés, la mujer hablaba y respondía a nadie. Lo hacía en voz alta, preguntaba y contestaba. Si no borracha, loca. Llegué a creer que mi vecina conversaba con espíritus, ángeles o diablitos amigos.

Guiado por algún movimiento de la cabeza de la mujer creí que el interlocutor invisible estaba a su derecha. Me levanté y anduve paseando frente a los escalones como si esperara. Luego me puse a recorrer la gran sala que, libre de gente, estaba triste y fría.

Entonces el misterio de la charla con espíritus o almas en pena se me reveló con su golpe de asombro y asco.

La mujer de la mesa próxima estaba conversando con otra, que la naturaleza había embutido en una de las tres letrinas sin puertas y, sentada en el inodoro, porfiaba su relato y sus respuestas.

Tiempo después uno de los patrones, tal vez haya sido el Chino, me explicó que habían sacado las puertas «para evitar atos oscenos de maricas y para peor sin pagar». También me ilustró haciendo un paralelo entre mujeres y homos declarando victoriosas a las primeras porque cuando quieren y no pueden se mojan y aguantan mientras que ellos se enferman «del sistema nervioso».

Pero por la noche, sábados y vísperas el *Chamamé* fortificaba su prestigio. Para mi nariz, a la barrera de los tres escalones, se aliaba una invisible cortina de mal olor. El recuerdo amoniacal de muy viejos orines ayudados por orines frescos. A medida que crecía la noche eran ayudados por los sobacos de las parejas que bailaban al compás de los tres musicantes que tomaban sus tragos durante las pausas. También ellos, forzando la sonrisa, contribuían pobremente con los hilitos de sudor que les resbalaban en las caras.

Y era imposible ignorar la mezcla dulzona y repugnante de los perfumes baratos de las mujeres.

Sin olor perceptible, giraban, iban y venían los colorinches de sus vestidos, apenas disminuidos por el humo espeso de los tabacos.

Pasados unos cuantos minutos era posible adaptarse y reconocer a los personajes de todos los sábados, aquellos ya integrados y que parecían paridos por el *Chamamé* y acaso inmortales.

Si alguien, como me han contado, aspiró un día a ser regente de un prostíbulo perfecto, las im-

perfecciones del *Chama* —así se permitían llamarlo
los clientes de toda la vida— conformaban el más
extraño prostíbulo de todo el mundo.

Comienzo por capricho o respeto recordando
al Juez. Como un contraste excesivamente violento
con la grosería congénita de un milico llamado Autoridá, allá en el fondo, casi apoyado contra los vidrios de una ventana, estaba sentado, noche a noche,
el Juez. Ocupaba siempre una mesa-escritorio contra
la pared y allí apoyaba el respaldo de su silla. Llegaba siempre con una valija cilíndrica, de las llamadas
de cobrador, y de allí sacaba una botella virgen de
whisky y un mazo de papeles que distribuía sobre la
mesa. Nunca vi que los mirara.

Era un hombre cincuentón de abundantes ca-
bellos grises siempre bien peinados, dentadura blanca
que mostraba pocas veces y nariz ganchuda. Su voz
tenía un tono curioso a la que nunca pude atribuirle
con certeza ningún origen. Jamás se me ocurrió que
fuera judío.

Sólo hablé con él una noche que me pareció
propicia porque lo sospeché borracho. Había despa-
rramado sin sentido su papelería sobre la mesa; había
olvidado esconder la botella en su valijita, de modo
que pude conocer el nombre de su veneno. Se llamaba
Only Proprietor, marca para mí desconocida. De vez en
cuando, espontáneamente o a una seña suya incomprensible para el sucio chusmerío chamameguiano, se
le acercaba el patrón o sea la Autoridá.

Me fatiga escribir estos recuerdos. Pero la
Autoridá es ineludible. Toda Santamaría sabía que
este milico de sector policial era homosexual. Y él
sabía que todos sabían. De este conocimiento don
Autoridá extraía un estado permanente de descon-

fianza y maldad. Donde no había otra cosa que indiferencia, él sospechaba burlas y alusiones.

Pero así, borracho y con su grotesco uniforme, el ojo enrojecido y semituerto, Autoridá era el patrón sin disputa del *Chamamé*. Inventaba leyes absurdas que se cumplían sin quejas. El juez barajaba papeles y bebía, ausentándose. Mucho tiempo pasaba entre sus llamados silenciosos, el curioso garabato de los dedos. Enseguida el secreteo de cabezas juntas y el Autoridá se erguía obediente y resuelto, se acercaba a la mesa del condenado y no necesitaba murmurar órdenes para que el indeseado se levantara y saliera a la noche.

No sé si los reglamentos que disciplinaban la vida nocturna del *Chamamé* habían sido dictados por el Señor Juez o por el milico de mierda (más adelante supe que su apellido también tenía una M como inicial). Estaba prohibido negociar con las mujeres dentro del local. «Esto no es quilombo», solía repetir la Autoridá. Los tratos se hacían en la calle luego que los hombres hubieran hecho selección e invitaran a la mujer a salir mediante un seco golpe de cabeza.

Recién ahora recuerdo o quiero recordar que dentro del álbum venía una carta de París que decía:

Querido:

Como en carta de suicida escribo que ignoro si ésta llegará a tus manos antes de que me canse de cumplir con tu montaña de pedidos llorones y abandone.

Tom, de paso para USA quiso saludar París. Es un caballero y tiene un buen gusto que prepara nostalgias sin remedio. Fue una noche. Pero nada de lo que imaginás. Tom, amigo de causas perdidas, me informó que, por órdenes superiores, te había abandonado, ahí que te pudras, acompañado por una mulata hedionda y una nena rubia a la que estarás viendo crecer hasta un momento mejor. Te conozco bien por lo menos en ese terreno.

Así como se alimenta un pavo para las navidades, la estarás madurando con caricias, mimos y tolerancias. Pobrecita. O tal vez te cases con la negra maloliente y la niña se convierta en hija y qué bello el incesto. ¿Por qué vienen los cheques de tu sueldo o soborno por el Crédit Lyonnais cuando los patrones están en Filadelfia? Tom me dijo al pasar que en esa excrecencia de Santamaría hay un prostíbulo. Tal vez eso te libre de las posibles maldades pronosticadas. Lo imagino y espero que salve tu alma inmortal.

Lo veo como una de aquellas enormes cajas de madera que nos llegaban desde Detroit en barco con un *Ford* adentro. Como puerta, una cortina de arpillera. Hombres sucios haciendo cola en un largo banco o desparramados en los arbustos. Comprenderás que no quiera agregar nada a lo que pienso, salvo la estufita siempre encendida con su repugnante olor a querosén, olor que podía excitar a Julius por asociación.

Divagar es incoherente como una droga, una confesión que no se da jamás entera pero alivia. Me dijo el mercader que los discos estaban acondicionados de tal manera que podían llegar a la China sin rayarse. La selección de libros la hicieron nuestros amigos, creo que ellos saben, y espero que te hagan feliz.

Ahora sí estoy aburrida. Sólo me queda paciencia para recordar aquella caminata por la Rue Florence, hacia mi casa, que tú interrumpiste justo en la mitad por un dolor de anciano. Todavía me resulta incomprensible. Pero, sobre todo esto, ni una palabra.

Tuya en lo que se puede,

Aura

Miré mucho tiempo la carta. Debajo de la firma o nombre había una línea de margen a margen, hecha con una guarda griega que aludía a un recuerdo, a un secreto que solamente Aura y yo podíamos descifrar con nada más que mirarla. El secreto o recuerdo exigiría muchas páginas para ser aclarado a un neófito. La guarda se extendía hasta caerse del margen y prolongarse, vibrando, en mi memoria.

Cuando se fueron los gringos Díaz Grey me hizo llamar y así se inició una serie de entrevistas. Juntos hablábamos de cualquier cosa y nunca en serio. Yo sentía que me estaba tomando examen. Pocos días después comenzaron los camiones.

Pero aquellos encuentros me hicieron bien porque yo me sentía tan fuera de la vida que aquellas visitas me hicieron comprender que estaba viviendo aunque no hubiera sido, tantos meses, nada más que como un triste peón manipulado. Recuerdo claramente que había hecho un viaje al *Chamamé*, que tomé algunas copas, que estaba frente a su mesa la cabellera blanca del juez, que Autoridá me pareció un poco más repugnante que otras noches y, como no andaba con ganas de mujer, atravesé silencioso entre la doble fila de ofertas y me alejé caminando hasta la casa del médico. Subí las escaleras y vi que las luces del despacho estaban iluminando visitas. Sabía que el doctor Díaz no se iba a dormir antes del amanecer, pero yo creía tener el privilegio de ser el único visitante nocturno. No sólo había voces sino también risotadas de hombre gordo, grosero y feliz.

La puerta permitía una ancha raya de luz. No hice más que golpear con los nudillos la vieja señal. Se hizo el silencio y luego me llegó el «entre» de la voz del médico. Estaba como casi siempre, sentado detrás del escritorio y, en una butaca, con la cara sudada y perniabierto, sonreía el hombre gordo que yo había presentido.

Di unos pasos sin destino y comprendí que no había bienvenida para mi visita. Sentí que estaba molestando, interrumpiendo. El médico no me pareció inquieto —jamás lo estuvo— pero hizo una pregunta idiota y forzó una sonrisa cómplice y cordial.

—¿Qué tal estuvo el *Chamamé*?

Lo miré sin contestar a su frase que no era pregunta. El hombre gordo nos miraba alternativamente. Entonces Díaz tuvo que ponerse de pie para hacer las presentaciones inevitables. Parecía estar actuando:

—El señor Carr, el señor Abu Hosni.

Comprendí que la risa que había escuchado no pertenecía a un gordo grasiento sino a un hombrón que me oprimía la mano mientras me miraba escrutando, valorándome. Tenía una cabeza grande y seca, pelo y cejas renegridos, una nariz audaz y delgada encima de la boca cruel que ahora se disimulaba con la sonrisa, los grandes dientes muy blancos.

Dijimos las tontas palabras de siempre, de gusto y encanto, y él autorizó como en broma pero con un suave matiz de orden:

—Yo soy, para todo el mundo, el turco Abu. Así me dejo llamar en Santamaría. Llámeme no más el turco Abu. Usted ya es mi amigo y yo nunca me equivoco.

El turco volvió a sentarse sin abandonar la amistad de la sonrisa. Llevaba un traje muy caro, una horrible corbata pintada a mano por un enemigo y en la muñeca derecha brillaba un reloj de oro.

Hubo un silencio y sentí que el malestar del médico iba creciendo. Supe que le caía mal mi coincidencia con Abu. Algo después supe que estaba escrito nuestro encuentro pero que Díaz lo pensaba postergar. Por un mal demonio fingí no sospechar y me puse a charlar con el turco de cualquier cosa, de Santamaría incluso. No era bueno el ambiente y el médico trató de intervenir:

—Hace mal, Abu, dejando el coche afuera. No olvide que ya llegó el hambre a Santamaría: están naciendo muchos delincuentes.

El turco hizo una media carcajada.

—Me gustaría, doctor. Yo nunca viajo solo. Si algún despistado toca el *Mercedes*, mañana lo tendrá mansito a sus órdenes. Bien helado en alguna cama de mármol del hospital.

—Pero yo vi el automóvil vacío —dije.

El turco levantó un dedo como salmodiando:

—Ojos que no ven, corazón que se arrepiente. Siempre demasiado tarde.

Dos pes se me ocurrieron: payaso y peligro. La conversación estuvo dando unas vueltas aburridas hasta que alguno de ellos recordó un incendio del que nunca había oído hablar.

—Es el estilo sanmariano —dijo el médico—. Es triste pero la verdad fue que hasta en eso fracasaron.

—Cierto —afirmó el turco—. Pero nunca se demostró que la cosa fuera planeada.

—Y yo diría que para mayor humillación, aparte de arder dos o tres ranchos y que por suerte nadie murió, la consecuencia más grave se registró en la tienda del judío. Cerró las puertas y la vidriera y un día entero estuvieron los dos muchachitos empleados quemando los orillos de las telas y no sé qué más, para poner al final el gran letrero: mercadería salvada del incendio. Vendió todo lo que quiso después de subir los precios. Porque la gente es imbécil sin límites y los sanmarianos un poco más.

El turco festejó con grandes carcajadas que alteraban lo impasible de sus ojos.

—Sí, tiene gracia —continuó el médico—, pero vale la pena oírselo contar al gallego Lanza. Estaba trabajando en el diario cuando estalló la cosa. Ahora tiene un reparto de revistas y trata de vender libros viejos y demasiado buenos para estos animales. También, creo, algo de pornografía. Es que el pobre tiene el extraño capricho de querer comer todos los días.

—Se me hace tarde —dijo el turco—. Y debo decirle, doctor, que me gusta mucho este amigo y rival. Estoy seguro de que nos vamos a entender.

Díaz se levantó y dijo con enojo:

—Habíamos quedado...

—Sí, pero no veo la diferencia. Hoy o mañana da lo mismo. Ya está todo a punto.

Volvió hacia mí la gran sonrisa:

—Toda el agua para usted. Toda la tierra para mí.

Así que esa noche empecé a comprender con mayor claridad cuál iba a ser mi destino. Para qué me había traído a Santamaría el profesor Paley y en qué consistía el juego que distraía ahora al doctor Díaz Grey.

Después de la entrevista en la que sentí que el médico nos presentó con disgusto, el turco volvió varias noches seguidas, por lo menos durante una quincena. El gran coche delataba su presencia y yo vagabundeaba un tiempo en los alrededores de la casa lacustre para que hablaran tranquilos sobre asuntos que todavía no eran míos.

Una vez el turco estuvo contando un recuerdo que le hacía mucha gracia y que, sin embargo, traducido tenía bastante belleza. Sobre todo si se lo pensaba agregando algunos detalles, algunas mentiras que acaso no lo fueran del todo. Suprimo las risas con las que el narrador fue acotando las muestras de ingenio.

Más o menos, el turco habló como sigue:

—Bueno, la cosa es que al triste diosecito de ustedes le dio un día por darle un respiro al paisito. No por maldad y acaso sin propósito. Como es su costumbre, la buena cosa les llegó de carambola.

El dios de segunda organizó una guerra entre amarillos y rubios del norte. Lugares de temperaturas buenas para esquimales, según creo. Así que los soldados morían baleados o ensartados como pollos al espiedo en bayonetas o reventaban congelados. De modo que los fabricantes de textiles no podían evitar las dos primeras formas de muerte pero trataron de retardar la última exportando ponchos, mantas o cualquier forma de abrigo. Bueno, como le venía diciendo, yo pagaba religiosamente cada viaje. Taca taca. Pagaba en buenos billetes, al que llamaremos guía, para que repartiera. Cantidad según mercadería y peligros. Y todo así hasta que un buen día cae el guía o jefe de ruta que era un moreno grande como una casa, Manuel se llamaba, cae y pide entrevista. Le dije que hablara y lo que dijo me llenó de asombro y en el momento me costó creerle: La indiada ahora no quiere más el pago con billetes de banco cada día. Con eso van comprando menos. Usté sabe que es así. Es la inflamación y a todos perjudica. Usté tiene muchos, patrón, y que Dios se lo bendiga y lo haga crecer. Pero usté también perjudica.

Los dos, recuerdo, cerca de mediodía con un calor que daba asco, los dos con el matapenas a la vista y al alcance. Jamás escuché a Manuel hablar tan largo.

—No entiendo —le dije. Y en ese momento era verdad y empecé a sospechar una marranada, pero no me era dado adivinar de qué se trataba ni de dónde vendría.

—Me dieron aviso y no se van para atrás. Quieren cobrar en oro, en esas monedas que llaman terlinas.

Yo mucho le argumenté que era una complicación —disparate, dije primero—, pero el mulato seguía firme: Última palabra, dicen, y amenazan con pasarse a don Aniceto. Así estamos, patrón.

Después de dar vueltas y mirar el asunto por todos los lados, hubo acuerdo. Y éste es el pacto rigurosamente cumplido. Yo cambiaba pesos por libras con una pequeña ganancia. Siempre había excusas. Las libras iban a Manuel, éste las ponía en un recipiente que había contenido rodajas de abacaxi y, una vez pesada la mercadería, venía el reparto. Le insinué a Manuel que aquello me parecía un poco injusto.

—No, patrón. Ellos lo quieren así. Al voleo. El que agarra, agarra, y el que no, se jode.

—Supe de un muerto y de varios maltrechos.

Aquí el turco cambió de tema y dijo:

—Yo no soy de leer mucho pero puede que usted sí. Y dígame, si usted está leyendo un libro y se encuentra con un tipo que habla tanto como yo, ¿qué hace? Cierra el libro y putea al que lo escribió.

Ahora sí señalo la gran carcajada del turco que se alivió doblándose. Después dijo:

—Es una especie de enfermedad y hasta me han dicho que tiene nombre.

Apunto un sueño sin retocarlo:

El hombre llega sudoroso en un caballo viejo y lento, tercamente ajeno a los apuros que buscaba imponerle el látigo. La gorda panza dividida por la cincha en dos. Encajado en aquel paisaje y aquellas costumbres, el forastero resultaba disfrazado. El jinete, desmontando con penuria, se revela pequeño y flaco, anda con el cuerpo recto y rígido, en un muy viejo afán de simular estatura. Piernas enfundadas en polainas, tiras de género hasta las rodillas y una sombrilla roja sin desplegar. Cuando logra apearse de la cabalgadura avanza autómata unos pasos, alarga gran sobre marrón. Detrás del hombre y su ridículo, la mujer del doctor salta de entre los altos yuyos, se arregla ropas, acaba de orinar, no se seca. Sonriente avanza hacia mi asombro, sonriente jovial contiene la risa, me alarga una mano. Caballo preñado y hombre con sombrilla y gran sobre arrimados a la casa, a la sombra única del gran pino. Ella cabecea, afirma, sacude el borde de la falda como abanico para aliviarse del calor. Él está examinando las láminas coloreadas sujetas a las tablas de las paredes, tal vez para adornarlas, tal vez para intentar detener las rachas frías de las madrugadas. Yo respetuoso. Permanezco afuera, miro el contenido del sobre. Dos niñas juegan y ríen yendo hacia el río. La mayor y esposa del doctor insiste en fingir comerle la barriga a la pequeña, arrancarle pedazos que simula comer. Rubita, panza arriba en el suelo, carcajea. Festeja, se retuerce por las cosquillas. No me avergüenza abrir la sombrilla roja y caminar cuidadoso hacia el río y su curva. La mujer se aparta de mí. Dice, incongruente, en voz alta: «Dijo mi papi que le manda decir que cuando vaya de putas nos venga a visitar».

25 de marzo

Mucho demoré en satisfacer la invitación que me había trasmitido en mi sueño la mujer de Díaz Grey. Y nadie tuvo la culpa. A fines del verano comenzó, manso e infatigable, lo que llamaban el tiempo de las lluvias. El agua del cielo caía ruidosa y tibia sin mañanas ni noches. Todo el mundo era gris, invariable y sin dar esperanza.

La niña con su madrina desde días antes. De modo que allí estábamos solos, encerrados y malolientes Eufrasia y yo. La mujer cocinaba, yo leía sin entusiasmo. La mujer también acumulaba chismes sobre familias de Santamaría Este, gente que yo no conocería nunca. Pero los primeros días de calor y humedad yo comentaba: qué me dice, no puede ser, qué barbaridad. Y muchas veces mis palabras no coincidían con lo que hubiera correspondido decir. Después pasé a los monosílabos y luego al silencio. Ella hablaba, yo leía o contemplaba el paisaje monótono del ventanal de la habitación mayor donde estábamos atrapados. Con el torso desnudo me distraía contando las gotas de sudor que me caían de la frente y el cuello. La ducha del cuarto de baño se negaba a funcionar; de modo que yo salía afuera, me duchaba y jabonaba bajo la lluvia, a pocos pasos de la casa.

Cuando entré, ella seguía conversando, ahora con el jarro de lata que contenía su bebida favorita, casi la única. La probé una vez y me abrasó garganta y esófago. Viendo mi cara se puso a reír y me explicó qué no era aquella bebida.

—Es fuerte, patroncito. La primera vez, pero uno se va acostumbrando. No es como aquel güiski de los gringos. Como usted poco toma, todavía quedan botellas. Esto no es caña brasilera ni caña paraguaya. Pero es las dos cosas con un agregado de mi idea. Hay que hervirlo, pero hay que saber cómo, junto con hojas frescas.

Me alivié tomando mucha agua del porrón de barro. Cuando la luz empezó a escasear le pedí a Eufrasia que encendiera y me trajera un farol de mantilla para seguir leyendo. Depositó el farol sobre la mesita que había soportado el peso de mis pies descalzos. Me pareció de inmediato que el calor aumentaba. Ahora la luz le iluminaba la cara desde abajo. Resaltaban sus pómulos de india y su sombra alargada se movió débilmente en la pared.

—Eufrasia: usted tiene un hermoso culo.

—Yo sé que está mintiendo, patroncito, patroncito, pero estuve contando cuánto tiempo anduvo demorando.

Me levanté y estuve mirando por unos segundos la cara burlona de la mujer que no me pareció tan fea como la de todos los días. No hubo más prólogo. Ella echó a andar hacia su sucucho, segura de que yo la seguía, ligado al imán de su trasero, aunque no necesitara oír los pasos de mis pies desnudos.

Pareció que hubiera un desafío sobre quién se desnudaba primero a juzgar por la velocidad de nuestros movimientos. Ganó ella y se tumbó en el colchón, aplastando protuberancias.

Con las ansias, sus olores femeninos revelaron su violencia y el placer le deformaba la cara: estaba bizca, suspiraba con la boca abierta como para facilitar la salida de finos chorros de saliva teñidos de verde por las hojas de coca. Sentí que aquello me enfriaba y manoteé las baldosas del suelo buscando la ayuda de cualquier cosa. Conseguí una bolsa de arpillera y le tapé la cara. Curiosamente, esto pareció excitarla todavía más y redobló sus esfuerzos hasta alcanzar, un minuto después que yo, la dicha y la locura, rodeadas de un griterío, frases sin sentido.

La segunda vez casi sucedió con un sol furioso que parecía vengarse del tiempo de las lluvias. Tal vez fue meses después de aquella clausura impuesta por los torrentes de agua. Ahora sí había un culpable: el *jeep* se negaba a funcionar y los días claros, las noches tibias se sucedían marcando mi inquietud, mi nostalgia por el *Chamamé*.

Eufrasia nunca usó el recuerdo de aquella tarde lluviosa para alterar su condición de sirvienta. No lo hizo con la mirada ni con la pobre sonrisa. Seguí siendo, hasta el final, Patroncito o Don Chon.

No creo que yo haya tenido la culpa de lo que provoqué. Mi movimiento fue más instintivo que consciente. Trato de excusarme pensando que fue un homenaje despersonalizado a la adorada condición de mujer.

Yo no sentía deseo por Eufrasia ni suponía otra visita a su dormitorio cuando ella pasó a mi lado en alguna de sus tareas domésticas. Yo estaba leyendo una revista vieja. Casi totalmente distraído alargué un brazo, le di una débil palmada en las nalgas y escuché de inmediato un resto de su risa.

Muy poco después secreteó desde su puerta dos veces patroncito y finalmente, como eludiendo confianzas, Don Chon.

Me volví y allí estaba, de pie, sosteniendo
con ambas manos una bolsa que le tapaba la cara.
Viejo juego infantil que hacía más dolorosa su acep-
tada humillación. Esta aceptación era antigua de
muchos años; había sido impuesta a su raza por la
barbarie codiciosa de los blancos.

De modo que desprendí con dulzura de sus
dedos la bolsa y le di un beso en la frente.

—Perdoname, Eufrasia. Hoy no. Me siento
mal.

En aquel marzo comprendí que mi inquie-
tud, a veces tan vecina de la angustia, nacía por una
larga ausencia de Elvirita.

2 de abril

No iba a casa del médico solamente para
retardar el embrutecimiento a que me condenaban la
soledad y el alcohol. Eufrasia, cada día menos persona, atontada por la bebida —¿me da un buchito, patrón?—, despistada para caminar hasta la ciudad nueva para visitar a Elvirita y buscar hombre. Desde mi
rechazo a la segunda bolsa no volvió a insinuárseme.
    Así las charlas nocturnas con el doctor me
devolvían al perdido mundo civilizado y yo las necesitaba, fuera o no a visitar el *Chamamé*. Otras alegrías me llegaban cuando vencía la torpeza creciente
y lograba agregar nuevas páginas a estos apuntes.

Hoy fue un día de novedades. Una, ya me la había anunciado Díaz Grey sin darle importancia, como quien pregunta sin esperar respuesta: ¿cómo le va? Llegaron hombres vestidos de azul y, entre nubes de polvo que caían de paredes perforadas y muchas maldiciones y blasfemias, instalaron un teléfono. Blanco como los que en el cine adornan los dormitorios de mantenidas caras. Después de los ruidos y cuando los instaladores se habían alejado por el camino que bastante tiempo atrás yo había conocido de tierra y ahora era carretera con suelo de asfalto, cuando volvió el silencio, repito, sonreí al aire con tristeza y la débil rebeldía que yo había sentido crecer mientras iban cayendo, tan aburridas como yo, las fichas de los meses.

El almanaque en la pared, tan visitado por las moscas, adornado con dibujos de escenas campesinas, ya había envejecido o muerto y persistía en mentir con sus fechas nombrando días que ya eran difuntos anónimos enterrados para siempre en una fosa común.

Me burlaba suavemente del doctor Díaz y de mí mismo porque estaba seguro de que aquel teléfono blanco no estaba allí para que yo lo usara en caso de necesitar algo con apuro. Me lo habían puesto para que recibiera órdenes. Esto se confirmó a los pocos días.

Ahora anochece, estoy cansado de mí mismo y de todo el resto, me estoy emborrachando muy lentamente mientras mastico la segunda novedad del día, que no quiero ni puedo apuntar antes de tirarme en la cama a la espera de que el sueño me traiga olvido.

30 de abril

Recuerdo y apunto que unos días después de nuestra primera entrevista el turco me dijo:

—Estoy esperando aviso. Le voy a prevenir con tiempo. Antes tengo que comprar más oro, que las monedas van escaseando y no quiero que, por un desengaño que van a creer estafa, el pobre turco Abu aparezca tirado en un zanjón con un agujero en la espalda. Lo que nunca pudo ni podría hacer el Aniceto puede hacerlo un negro borracho y hambriento. Total, tenemos poco más de una hora de viaje. Estése atento y no le diga nada al doctor. A él no le gusta que se mezclen tareas del mar con las de tierra. Yo le debo favores. Le puedo ir contando en el viaje. Y un chiste: mi enfermedad de tanto hablar tiene nombre. Creo que se llama algo así como hiperlabia. Y lo que más bronca me da es que, según me han dicho, ataca a las hembras cuando andan calientes y no tienen con quien.

Hasta que un día, a mitad del día, paró un coche pequeño frente a la casona. No llevaba más pasajero que el chofer. Un adolescente con cara de niña tan hermoso que podía convertirse en tentación.

Llamó con la bocina y cuando me asomé dijo, lo bastante rápido como para impedir respuesta: «Usted es Carr. De parte del señor Abu, que esta noche a las diez en el *Brausen*».

Dio marcha atrás hasta el puente nuevo, giró y fue aumentando la velocidad para regresar a Santamaría Nueva.

Fui en el *jeep* y encontré el bar que llamaban *Brausen*. Se me ocurrió que los sanmarianos andaban escasos de apellidos. A las diez en punto el turco estaba riendo con uno de los mozos del bar. Me dio las gracias por ser puntual y me dijo que todavía teníamos tiempo. Dijo: «Tome lo que más le guste. Aquí tienen de todo desde que le cambiaron de nombre y entró dinero para reformas. Algo puse yo. Y no me va a creer pero no lo hice sólo por lucro. Cuando esto era un boliche impresentable, el viejo *Berna*, aquí solía parar un compinche muy querido y que andaba esquivando la pobreza. Supe o me dijeron que por fin le vino la buena racha. Ojalá. Usted comprende que los nombres no se dicen».

El viaje fue larguísimo y, al recordarlo, siento como una interminable acumulación de horas, porque el turco, al volante del *Mercedes*, no olvidó que padecía de lo que él llamaba hiperlabia y ni siquiera semáforos o peligros de choque podían enmudecerlo.

Santamaría Nueva podía considerarse como una verdadera ciudad. Hijos y nietos de los colonos suizos del otro siglo habían trabajado para que así fuera. Y, mientras trabajaban, se enriquecían y creaban familias supercatólicas y puritanas que eran poderes que se respetaban sin objeciones.

—No tan puritanas —decía el turco Abu—. Yo no las llamo puritanas. La mugre abajo de la alfombra. Y agrego pecados sin castigo: aunque no se lo crea y jamás nadie lo pruebe, hay dementes, alcohólicos, drogados, con su ayuda indirecta, incestuosos, ninfómanas, estafadores y toda clase de pestes que se le ocurran.

Para mí fue un llamado de atención y se hicieron muy fuertes cosas que hasta entonces sólo habían crecido como sospechas.

Después el turco dejó de lado sus revelaciones sensacionales o sus calumnias y el tema cambió. Ahora se trataba de él mismo, del turco Abu, su vida y sus milagros que cambiaron lo que parecía un insoslayable destino cruel en vida de riqueza.

Hubo una pausa y nos fuimos alejando de la pequeña Babilonia. La velocidad del coche iba cambiando el paisaje. Distinguí una serie de casitas blancas, idénticas, cada una con su pequeño cuadrilongo de pasto al frente. Supuse, adiviné que lo llamaban césped. Luego campo de verdad, kilómetros de tierra, yuyos y las inevitables vacas pensativas. El turco conservó el silencio y fue suavizando la marcha. Atracó junto a una especie de caseta techada con paja seca. Había también una estantería con reloj de tictac ruidoso, botellas y vasos.

—Un descanso —dijo el turco—. No puede faltar mucho. El turco llenó dos vasos con un líquido transparente. Tal vez fuera aguardiente.

Se sentó y dijo otra vez que faltaba poco. Introdujo la mano en algún bolsillo interior y puso una carterita sobre la mesa. Estuvo examinando papeles, escribió pocas líneas con lápiz o bolígrafo. Yo dije: «Se nos va a quedar ciego. Aquí no se ve ni lo que se conversa». Ignoro por qué se me escapó el plural.

—Aquí no se prenden luces —me contestó terminante el turco.

Después, casi invisible en la noche, habló para sí:

—Porque éste es un trabajo que sólo empieza de veras después que terminó.

Durante el viaje el aparato de refrigeración del coche llegó hasta colocarme en la antesala de un resfrío, para decirlo en pocas palabras. Ahora, en las tinieblas de la casilla el calor me hacía sudar. Aguanté callado. En realidad yo me había estado buscando aquella peregrinación hasta la frontera. Oí una risita del turco seguida de una tonta confesión, totalmente inadecuada.

—Yo no soy Abu ni Kalim, como también me dejo llamar por otra gente que conozco. Ni turco siquiera. Nací en lo que nombran Arabia Saudita. Ningún recuerdo. Casi puedo decir que recorrí escondiéndome los no sé cuántos países de la región. También Turquía. Por eso lo de turco, que tanta gente dice turco —volvió a reír—. ¿Conoce el chiste del turco que recorría a pie los cascos de las estancias vendiendo baratijas?

Por cortesía negué conocer esa obra genial de la literatura oral mientras crecía mi preocupación por la amenaza de que el turco estuviera borracho a la hora señalada.

Intenté ponerlo lúcido con una pregunta idiota:

—Perdone, ¿pero no hay por lo menos una patrulla destacada para impedir el contrabando?

La respuesta del turco me llegó desde arriba sin ningún síntoma de embriaguez:

—Claro que hay patrulla, como usted la llama. Son una media docena y los tengo a todos en mi nómina.

Alguien rascó la persiana.

—En marcha —dijo el turco.

Afuera estaba otra sombra humana con las manos apoyadas en los hombros del ex Abu. Fui avanzando a ciegas por un terreno pedregoso hacia la línea fronteriza que, según me enteré después, era una estrecha callecita de arrabal.

Por un momento me fui enterando de oídas de lo que pasaba. Supe que estaba próximo a voces masculinas que habían abandonado un cuchicheo inicial para hablar descuidados, hacer algunas preguntas y dar órdenes. Supe que se nos habían acercado por lo menos dos camiones. Cuando empecé a distinguir comprobé que, tal como estaba previsto, en aquella noche no había luna; nos cubría un cielo encapotado apenas lechoso. Alguien dijo: «Ya están encendiendo el farol». Y el turco contestó: «Entonces enciendan el nuestro y empiecen. Yo me aparto».

Ya no estaba cerca cuando comencé a ver lo que me había prometido.

Del otro lado de lo que llamaban frontera se inició y se mantuvo una lluvia de fardos que se recogían aquí y se subían a los camiones. Pude ver que los lanzadores eran casi todos de color cobre y el sudor les hacía brillar los torsos desnudos. Me asombró ver que también había una mujer altísima con el negro pelo suelto, que tocaba las grandes tetas caídas. Cuando voló el último fardo los negros brillosos alisaron frenéticos el suelo con las patas descalzas hasta formar un círculo defectuoso que me hizo pensar en la pista de un reñidero de gallos. Sonaban palabras de una lengua que yo no entendía y el idioma universal de las risas.

—Dale ya —ordenó a mis espaldas la voz lejana del turco.

Vi que una moneda atravesaba el aire iluminada por los faroles para perderse en el primer tumulto, éste aún débil, de los del otro lado. Después empezaron a volar y caer puñados de oro y el griterío se hizo salvaje. Apenas dejaban oír las quejas de los heridos. Me llamó la atención que, los que pude divisar próximó a las grandes tetas, le ofrecían siempre las espaldas. Más tarde el turco me explicó que aquella mujer algo sabía de pelear y que sus patadas en los testículos parecían de mula.

—Hace tiempo hasta tuvieron difunto. Pero el asunto se arregló. Habrá observado que ninguno lleva armas, ningún cuchillito siquiera.

Esto último lo dijo con orgullo como si estuviera celebrando las buenas notas que traía de la escuela algún hijito posible.

Durante varias noches me bastó cerrar los ojos para rever los movimientos furiosos o de calculada espera de aquellos cuerpos oscuros que se abrazaban o se rechazaban, golpeándose, dejándose caer al suelo para atrapar un pedacito de oro.

Aquellos movimientos sin pausas, que me ofrecieron los cuerpos ávidos, eran brutales y hermosos. En el silencio de la clandestinidad iban componiendo una música nunca oída y aún no escrita.

Solamente porque el semen parecía empujar en la vesícula, invadir los nervios, convertirme el carácter, trepaba en el *jeep* y bajaba o subía por caminos tortuosos hasta llegar a lo que llamaban ciudad de Santamaría y era, para mí, un pueblo provinciano, ni mayor ni menor que el tan lejano en que había nacido, jugado, sufrido por el desdén de mi primer amor hecho de palabras sucias de colegial.

Tan y tan distintos estos viajes a los de las noches de sábado, también tantos y tantos meses atrás, en que trepaban dos *jeeps* ocupados por los que fueron mis compañeros de trabajo y descanso, horadando el calor inmutable al amanecer, aplastando mosquitos y bichos extraños, sin nombre, con sangre verde; aplastándolos con manotazos mecánicos hasta que llegaba el sueño, la pasadera nada.

Ahora, en esta partida solitaria que estoy recordando, visité el *Chamamé*, que fue en sus tiempos mezcla de restaurante y taberna y donde, a esta altura, sólo servía para comer pizza, emborracharse, si uno tenía bastante dinero, con *Presidente* y rebuscar, en medio del humo, alguna cara de mujer no demasiado repugnante. Porque el viejo *Chamamé* era una antesala del quilombo y la ley era un milico con machete, embotado como corresponde, bigotes, un uniforme que fue verde y tuvo todos los botones. La ley cuidaba que el mujerío no se impusiera en las mesas ocupadas por hombres. De suceder esto, muy rara vez, el milico hacía un esfuerzo y se desprendía del mostrador. Abría las piernas y recitaba:

—Date por presa por citación al vicio.

No ocurría entonces nada lamentable para quien estuviera mirando y escuchando sin costumbre. La ley regresaba sudorosa, con lentitud al mostrador; la mujer trataba de confundirse en el gallinero de sus hermanas y comenzaba a calcular esperanzas, el sueño de los veinte pesos que el día siguiente tenía que entregar a la ley patizamba, de dónde conseguirlos en falso préstamo o robados. Porque, como entre fulleros, veinticuatro horas era el plazo marcado por el honor o el miedo.

Al principio de la noche me había interesado su cara. Estaba sentada a una mesa lejana, y el humo del tabaco o de la marihuana parecía moverse como una cortina indecisa, mostrándola a veces. Visto y no visto. La de ella era una cara distinta, casi sin pintar, una cara ajena a las del mujerío del *Chamamé*. Era distinta, extranjera, y me era imposible suponer, con probabilidad de acierto, qué estaba haciendo en aquel lugar mierdoso, a quién estaría esperando. Pero yo masticaba mis preocupaciones, las mil preguntas que me inquietaban. Seguí bebiendo aquello que Autoridá llamaba whisky y que, aparte de quemar la garganta, alguna paz de adormidera daba.

A medianoche tenía que visitar al médico por algo muy importante, me había dicho.

Cuando salí, tuve la sorpresa de encontrarme a la mujer en la rueda de putas de la vereda, mejor dicho rodeada de putas que la miraban con silencio y amenaza. Tal vez sin propósito, acaso por sabiduría, la luz allí era muy débil y favorecía desengaños

de los posibles clientes. Pero no hubo confusión porque ella se me acercó haciendo repiquetear los taco-
nes y mostrando la blancura de la sonrisa.

—No está bien hacer esperar a una dama
—dijo con una voz suave y educada, un poco burlona que me puso en guardia. Nada tenía que ver con
el hembraje del *Chamamé*. Me hizo recordar a las
amigas de mi hermana, allá lejos, revoloteando en
tiempos de exámenes. Pero mi pregunta era quién
me la había mandado para provocarme y escuchar
algún desliz de mi lengua. Algo así como un espio-
naje sin peligro, cosa barata de andar por casa.

Le pregunté, tuteándola, cuál era su nombre.

—Ah. Te gusta escuchar mentiras. Esta no-
che te voy a hacer el gusto. Entre beso y beso te puedo mentir hasta que amanezca. Las mentiras son la
única riqueza que tengo. Ya escucharás. Mi nombre
es Mirtha, con una hache después de la te.

Era tan linda en la penumbra que me arrepentí de haberla bautizado mentalmente Mata Hari
de bolsillo.

—Ahora ahí enfrente ¿no? —dijo señalando
la pensión. El labio inferior se adelantaba en burla
amistosa. Por qué todo esto, pensé, si me acompaña
o me está llevando para despatarrarse.

Y también me desconcertaba aquella mujer,
cuyo nombre exigía una hache intermedia, porque
en la noche cálida sus brazos, cuello y cara conserva-
ban la frescura de recién salidos de la ducha.

La dejé un rato en el zaguán y subí las escaleras para hablar con la patrona y asegurarme una de
las habitaciones que llamaban lujosas.

Las lujosas se diferenciaban de las corrientes
por contener un espacio desamoblado, además de la

enorme cama matrimonial, que algunas veces servía para tercetos (uno suele pensar en dos combinaciones posibles, pero hay otras). El resto de mi lujosa no tenía cama.

Era un rinconcito apacible, con una mesa de buena madera, tres asientos, lámpara de luz nacarada y un falso escritorio que escondía un barcito lleno de botellines y algunos vasos cuyas etiquetas, distintas e impresas en el vidrio, delataban su origen ilegítimo con nombres y dibujos de balnearios y hoteles extranjeros.

Y el amable rinconcito pertenecía a un país alejado por tiempo y distancia de la gran cama obscena y nunca vista. Era el lugar doméstico donde la santa esposa aguardaba con la sonrisa invariable el regreso del marido proveedor. Y al recibirlo decía, preguntaba:

—Cariño, tuviste un día duro en la oficina, te estaba esperando con un trago fresco. *Bob* está trayendo las zapatillas. Leíste el periódico. Ya me explicarás las noticias. A que no adivinas, te preparé tu comida favorita y con la vecina estuvimos comentando, quién lo iba a sospechar.

Los dos éramos aún jóvenes y fuertes pero la cama nos superaba. Ella era nuestra dueña, ella nos absorbió fácilmente y dictó órdenes variadas.

Desnudos, vi la sonrisa, siempre algo burlona de la mujer con hache, los ojos vigilando la felicidad dolorosa de mi cara. Porque aquella mujer podía dibujar con la lengua en el aire y en mi cuerpo una cantidad asombrosa de figuras geométricas manteniendo siempre una estrecha sonrisa dirigida a la dicha que me estaba regalando.

20 de diciembre

    (Escribo, con toda franqueza, que me es imposible saber o inventar en qué año, a qué altura de la edad de la niña, apareció su cabecita rubia para decorar, oportuna o no, mis soledades nostálgicas enfrentado al río como si me importara. Había crecido mucho pero aún no era señorita.)

El turco Abu siempre pagaba a la negrada brasilera sin más robo que el de la plusvalía. Los negros recogían allá la mercadería deseada acá; descubrían nuevas rutas para esquivar las balas de los milicos *gaúchos* que alguien se olvidó de sobornar. Por el lado de acá, todo era calma; éstos habían sido instruidos mediante pesos y muy claras prevenciones que incluían otros familiares.

Muy distinta había sido nuestra forma de pago en el río. Pagábamos por quincenas: alguien iba a recoger el dinero en el banco de Santamaría Vieja. Jueves y viernes. Aunque el emisario fuera yo, nunca quise guardar más billetes que los que me correspondían como sueldo.

Teníamos que sortearnos para designar el encargado de pagar la quincena. El pagador iba flanqueado por dos milicos que tal vez habían sido respetables milicos en su madurez lejana pero que trotaban, bigotes grises y tan tristes, fusiles desgatillados al hombro, hijos de antiguas guerras sudamericanas: es todo lo que podemos proporcionar, había dicho y repetido el señor comandante de la guarnición de Santamaría. Y así venían, quincenales y tembleques, a protegernos, ellos, a los que un golpe de viento los dejaría para siempre sin necesidad de ninguna clase de protección.

La operación se cumplía en Santamaría Este, en una mesa del *Hotel Berna* que nos tenían reservada. El indiaje pasaba de uno en uno, cobraba y firmaba. Quedaban libres hasta la mañana del martes porque era necesario darles tiempo para aliviarse de la forzosa borrachera y de las enérgicas palizas que daban a sus mujeres.

12 de junio

Ésta es una noche sin camiones y quiero
aprovecharla para apuntar, antes que se vaya del
recuerdo o se desdibuje, lo que llamaré, presuntuo-
so, las confesiones de Díaz Grey, médico de Santamaría. Tal vez eterno.

Bebíamos y olfateábamos un coñac muy viejo, rigurosamente hijo del contrabando, cuando el
médico empezó a contar:

—Aunque condenado para siempre a respi-
rar en este agujero de aldea, me han llegado algunas
noticias del mundo de verdad. Sé que se han escrito
libros que tienen como tema al médico rural o al
párroco aldeano. Pero mi caso, como todos, es un
caso distinto. Si pongo la mano sobre una Biblia y,
mejor, si se trata de una de aquellas enormes con
tapas negras y nombres dorados que se trajeron ya
no sé en qué fechas los fundadores de la Colonia Suiza y declaro que estoy libre de pasado, no cometeré
perjurio. Claro que el día de hoy ya lo hice pasado
por haberlo vivido. Pero lo que quiero decirle es que
mi memoria no ha registrado nada anterior a mi
aparición en Santamaría a los treinta años de edad y
con un título de médico bajo el brazo. Puede ser, lo
pienso a veces, un caso muy extraño de amnesia.
Imagino que yo también tuve, como usted, infancia,
adolescencia, amigos y padres, lo inevitable. Hace
años jugué a imaginar sustitutos para llenar esos

vacíos. Pero, por ejemplo, ninguno de los padres que fui inventando fueron nunca definitivos. Los iba cambiando para mejorarlos o darles calidad de malditos. Cualquier cosa, el juego. Hasta que llegué a olvidar todos los pasados que nunca tuve y conformarme con mi arribo a Santamaría, médico y treintañero. Un pasado creíble sólo puede ponerlo por escrito un novelista, un mentiroso que hizo profesión de la mentira. Pasados, presentes y futuros verosímiles para personajes. Pero le repito que yo sigo condenado a la desnudez. Ya no me preocupa. No fui nunca y debo resignarme. Tal vez esto me ahorre complejos, traumas y cualquier forma de la broma científica que aún no fue inventada.

El médico levantó la copa para aspirar el perfume de la bebida. No bebió.

—Trate de imaginarme, no es difícil, como doctor en esta aldea con pretensiones. Pobre, demasiado inteligente para no sufrir en un ambiente menesteroso. Sin chapa en la puerta para eludir visitas de hembras preñadas en busca de aborto. Ya verá que esto importa. Pero me descubrieron y llamaron a la puerta de la casita donde vivía. Ayer y hoy lo mismo. Miles de coitos muy deseados y embarazos no queridos. Sin novedad la frase que ellas creían ser disculpa y justificación. Habían logrado verle la cara a Dios en los revolcones y las súplicas y las palabras obscenas, en la cama o en el pasto o en el siempre inquieto refugio que ofrecen las sombras de los zaguanes. Sin olvidar al viejo y querido amigo: el sudor de pecho. Y nunca podían explicarse el porqué de la tripa hinchada. Habrá sido un descuido, doctor. O, no puedo adivinar cómo pudo sucederme esto, doctor. Pero también acudían las chicas estudiantes. No estudiaban

para alcanzar algún título sino para librarse de la ruti-
na insufrible del dulce hogar, regentado por la estupidez monolítica y contranatura de los padres, siervos
fieles de la santa trinidad, Dios, patria y familia. Pero
había un consuelo. Aquellas preñadas adolescentes,
o muchas de ellas, me mostraban sonrisas adorables y
cínicas si no descaradamente francas. Y sus razones
estaban llenas de razón. Pero yo no podía hacerlo y
no porque fuera antiabortista. Se trata, simplemente,
de un impedimento somático. Nunca hice un aborto
pero hace mucho tiempo vi hacerlo. Carnicería. De
modo que yo no me niego por principios sino por
simple cobardía. Y agrego, como un recuerdo que
me trae el tema, que en un país muy grande y civilizado los abortos eran libres y gratuitos. Se hacían en
una maternidad. Pero había un truco muy inteligente. Le ofrecen una cama para esperar su turno y con
cualquier pretexto le traen un recién nacido pidiendo
que lo cuide un rato. El catorce por ciento de las em-
barazadas renuncia a la intervención. Imagine, como
yo, la lucha callada entre el cerebro de la mujer y el
instinto maternal que hemos inventado para el sexo
femenino.

       «Volviendo a mí, si es que en algún momen-
to me alejé, repito que estaba, semimédico rural, rechazando abortos, metiéndome en anécdotas, aceptando que algunas anécdotas se me acercaran para
incluirme.

       »Allí estaba, muy ajeno a esta casa extraña a la
que a veces miraba sin comprender. Era como ahora,
algo así como un palacete que hizo construir un nuevo rico, asentado sobre catorce pilones o pilastras o
columnas que alguna vez puede que hayan sido blancas. Por una asociación de ideas, muy vaga, y desean-

do darle algo de belleza, la llamaba la locura de Petrus. He sabido que el viejo ordenó construirla así porque, entonces como ahora, se recordaba que no sé en qué año se produjo la Crecida. Llovió en Brasil como para el fin del mundo, los ríos se encresparon y las aguas bajaron enfurecidas, hincharon el río nuestro y lo que todavía no eran más que unas cuantas poblaciones fueron anegadas, con gente ahogada, con viviendas arrastradas hasta la desembocadura, mucho más allá de Enduro. Pero nunca se repitió esa desgracia y esta casa, sin embargo, tuvo algo de recordación, de llamado silencioso a lluvias brasileras. Sé que algunos viejos memoriosos recuerdan confusos al mirarla, escupen y se persignan. Pero ya quedan pocos, si alguno queda.

»El pobre Jeremías estaba muerto o peleando en la capital con los chacales de la abogacía, con los de la justicia que se ha cegado para no ver las atrocidades que se cometen en su nombre.

»Entonces, cuando una de las dos hizo sonar el timbre, me disfracé de médico con la bata blanca y abrí la puerta a la pareja. No abundaban los clientes. Y allí estaban: la más joven y rubia era la hija de Petrus. La había atendido años atrás, cuando era una niña algo rara. Se había clavado un anzuelo en un muslo. Me pareció rara porque apenas se quejó mientras la curaba. Después, ya mayor, la vi varias veces por las calles del pueblo. Siempre acompañada por Josefina que ahora, en mi consultorio, mantenía una mano abierta en la espalda de Angélica Inés, no para empujarla sino sólo para guiar. A pesar de que apenas era dos años mayor, siempre la estuvo guiando y lo sigue haciendo hoy. Como usted ya habrá supuesto, la rubia estaba embarazada y la morena pedía un aborto por razones de vergüenza social. Las despaché sin violencia y les dije que abortar era delito y que si conseguían hacerlo ayudadas por curandera, médica o lo que fuera, yo haría lo necesario para que fueran a la cárcel. Mentira, claro. Y además Angélica siempre me había sido simpática. Sí, empezando por aquel encuentro con un anzuelo, tan difícil de sacarle sin mayor daño, que parecía tener inteligencia y maldad.

»Angélica se escapó con un arrebato de potranca pero unos días después Josefina empezó a visitarme y conversar. Nunca sabré si ya tenía pensado el final que tuvo la historia. Es muy astuta, con alguna gota de sangre india.

»Las visitas se fueron haciendo casi diarias a la hora de la siesta, que es una hora más larga y pesada en las aldeas. La mujer me fue diciendo muchas verdades que tejía con mentiras. Me aficioné, como desenredando hilos o cordeles o piolines que sujetaron paquetes y ahora nos desafían con nudos y enredos a que les devolvamos la rectitud que habían tenido antes de la habilidad de manos y dedos.

»Pero yo creía o fui creyendo que podía eliminar los nudos de las confesiones y terminar sabiendo eso que llamamos verdad. Y, además, era necesario imponer cronología al largo folletín que Josefina, hoy Jose, fue recitando. Imponiéndome paciencia y quitando dramatismos y lástima.

»No sé si usted ha tenido oportunidad de fijarse. La Jose tiene una dentadura espléndida. No parece que haya nacido en Santamaría. Y sabe cómo usar alegría, burla, provocación, oferta, desafío. Todo en pocos minutos.

»En fin, todo lo que usted quiera. Mejor dicho, lo que ella quiera. Este don lo puede usar en pocos minutos. Hay mujeres que nunca llegan a dominarlo. Bueno, también hay mujeres que mueren vírgenes. Lo he comprobado, con cierto asombro, en mi trabajo de hospital.

»Y sí, dijo muchas cosas en aquellas visitas de las siestas. Algo que me alarmó. Que después del almuerzo lo que hacía Angélica no era sestear, propiamente, sino, como decía la Jose, era dormir la mona. Porque regaba la comida con vino y más vino. El viejo Petrus estuvo formando, año tras año, una bodega que me asombró cuando llegué a inspeccionarla. Bebidas tan finas que no correspondían a Santamaría. A esta especie de palacio lacustre, sí. Era para visitas de negocios, para el intento de seducir a jueces, abogados, banqueros, prestamistas y demás recua. Así que Angélica bañaba el pescado con tintos franceses y otras incongruencias que hubieran horrorizado a cualquiera de esos que llaman *gourmets*.

»Y así, mientras la Jose me hablaba, me iba rodeando con palabras para esconder su propósito verdadero y por entonces impresentable; la Jose hablaba, repito, y Angélica dormía borracha.

»Nunca me pareció que mintiera. Aquella franqueza exagerada la protegía de reproches y desconfianzas. Toda su charla ansiosa estaba hecha de respuestas a preguntas no formuladas pero que ella intuía que tal vez podrían llegar.

»Sí, doctor, decía, antes de mayor de edad comprendí que por ganas y salud tenía que darle gusto al cuerpo. Pero siempre supe cuidarme, pregúntele a la Tota, así la nombramos pero no es verdad del todo. Le aseguro que también puede ser muy macho, que hoy es el boticario. Claro, también a ése me lo hice y hoy no puede negarme nada.

»Ahí comenzó mi sospecha. Tal vez no se tratara sólo de vino y alcoholes. Empecé a visitar la farmacia. Barthé ya no estaba pero le había dejado al mancebo, además del negocio, un inconfundible aire mujeril. Es que en estos asuntos acaban por emparejarse el que da y el que recibe. Pero el muchacho atendía cortés, con la bata entreabierta para lucir unos excelentes pectorales halterofílicos.

»Después de fintas, amenazas, negativas y juropordioses, le recordé suavemente que yo seguía integrando la Comisión de Compras del hospital. Y que, si seguía negando... También recuerdo que rematé, con la cara impasible, que para nada me importaba saber quiénes eran sus proveedores porque yo no era alcahuete de la policía.

»Bueno, supe que proveía a la Jose casi semanalmente. Las dosis no me parecieron peligrosas pero sí la frecuencia de las papelinas. Ahora se las administro yo. Pero la Jose necesitaba conocer el origen de aquel embarazo de Angélica Inés Petrus Zabala. Ése era entonces su nombre completo.

»Dijo la Jose: "Cerré todos los cuartos, son ocho, y no los baños. Mantuve un dormitorio para las dos. Siempre dormimos juntas porque ella, pobre ángel, tiene ataques de miedo con la noche y lo oscuro. Siempre conservé mi habitación de cuando yo era sirvienta, una de las sirvientas de los tiempos en que don Petrus contrataba y siempre había peleas para cobrar. Con decirle que hasta huelgas hubo y problemas de alimentación. Siempre dicen que todo se está arreglando y que va a funcionar el astillero y también el trencito. En fin, veremos, dijo un ciego".

»"Pero, como le estaba diciendo, doctor, supe conservar mi refugio, esa parte de la casa que sigue siendo mía hasta que Dios Brausen quiera. Se sube por una escalerita al costado de la casa. Una escalerita que tapan hojas de hiedra y de un parral, creo. Por ahí me visitan mis amigos cuando Angélica duerme. Mi lema de la vida es vive y deja vivir, gran sabiduría que no respetan todos. Lo que sí, como queda comprobado, es que no podía dejarla vivir a ella. Ni sé cuándo se produjo mi gran descuido. Cierto que yo ya sabía que ella no era santita de yeso. Después le cuento. Quiero que sepa que mi madre me quería para fregona pero don Petrus hizo contrato con una maestra que venía a darnos educación. Unos cuantos años vino; recuerdo que Ángela no aprovechó mucho por ser muy distraída. Cuando desapareció la maestra me entró la picazón de saber más y empecé a sacar libros de la Biblioteca Municipal. Y le digo que hoy sigo con los libros y la cultura.

»"Bueno, aparte. De santita nada. Sigo confesando y las cosas de la vida no me dan ninguna vergüenza. Siempre dormimos juntas, desde que puedo acordarme y hasta hoy. Y, como todas las muchachas, nos acariciamos. Quiero decir que aunque duerman solas, cuando les llega cierta edad todas las muchachas se tocan. También los varones pero, claro, no es igual.

»"Y sí, todo hay que decirlo. Sin despreciar, en aquellas intimidades me di cuenta que ella era una fogosa muy brava y no alcanzaba satisfacción completa. Así que mi deber tendría que haber sido vigilancia severa. Pero inútil, doctor. A cada descuido una escapada. Fíjese que, aunque vivíamos como hermanas, yo era inferior. Podía suplicar, entienda, pero no dar órdenes ni ser vigilante perpetua. Yo también me digo: si a tu cuerpo no le das gusto él te dará un disgusto. Así que supongo que mientras yo estaba en mi cuartito privado ella hizo sus escapadas. No sé cuántas veces porque ella no es de confesar nada. Sospecho que sucedió con alguno de los muchachos que trabajan en el río. Los van cambiando cada año. Así que casi seguro fue con un gringo, lo de la barriga. Pero pienso que hubo cosas peores porque una vez vino como arrastrándose y hecha un trapo. Así es la vida, yo distraída en mis cosas y ella en las suyas".

»La verdad es que cuando se iba acercando la fecha del nacimiento del niño de padre desconocido, pasé preocupado muchos días. Según la sospecha de la Jose, el niño había sido engendrado por alguno de los gringos que habitaban la casona. En ese caso, el recién nacido tendría hermosos ojos azules. Pero mi temor se confirmó cuando vi que el bebé tenía esos ojos castaños característicos de nosotros, sucios latinos viscosos.»

Díaz Grey me sirvió más coñac y terminó su copa.

—Bueno —dijo—. Usted ya conoce el resto. Ella gritó «usted no me gusta» y casi enseguida avanzó para abrazarme el cuello, riendo y besándome como si supiera besar. Nunca estuve enamorado de Angélica. La petición de mano que le estoy contando se realizó en esta misma casa enorme donde estaba apresado el frío de un otoño y donde el olor a encierro resultaba casi insufrible. Comprendí que la Jose la había aleccionado y la novia supo repetir algunas palabras de aquiescencia. Triste y cómica era la escena. Le repito que nunca estuve enamorado de ella tan alta y flaca cuyos muslos, se adivinaba, no superarían nunca la prueba de la moneda. Tan anémica y sin ale-

gría de vivir. Tal vez se trataba de la maldita piedad
que, según he leído, puede ser más fuerte que odio y
amor. Yo imaginaba una felicidad inmediata muy
sencilla: una gran chimenea encendida, cálida como
un incendio, cualquiera fuera la estación y los dos
desnudos mirando el fuego. Me sería indiferente que
hubiera sexo o no. Dependería de ella.

»Y así terminó mi farsa. Porque yo simulé
enfrentar los argumentos de Jose y luego retroceder
hasta claudicar consintiendo. Tenía mis razones para
desear, sin imponer, el resultado de la entrevista. La
Jose estuvo muy astuta y yo también.

»De modo que la Jose triunfó, me hizo llegar a lo que se había propuesto desde la primera visita al consultorio. Un juez borracho y mi gran amigo, el padre Bergner, nos hicieron marido y mujer en
una ceremonia libre de curiosos. Nos instalamos
en esta casa, que dejó de serme extraña, y conseguí
con influencias un puesto de médico en el hospital
que nos permitió subsistir en el día a día. A los tres,
porque la Jose nunca se ha separado de mi mujer. Y
así hasta que un tribunal lejano resolvió el viejo
pleito a favor de don Jeremías Petrus. Vendimos la
ruina que llamaban astillero y el pequeño ferrocarril
por el que pagó muchísimo dinero una de las tantas
empresas de paja que el Vaticano tiene dispersas por
el ancho mundo. Ahora, no paso de forense y de
atender a mis amigos de la costa.»

Este apunte debió ser escrito cuando recordé la noche en la lujosa con aquella mujer de la letra hache intercalada, del incomparable dominio lingüístico y de una inteligencia que mucho me superaba. Y que, como tuvo la habilidad de volver a perderse en otro mundo, en otra de las noches de donde había venido para hacerme dichoso y desaparecer, logró hacerse misterio y, por eso, inolvidable.

No quería hoy escribir una sola palabra que tuviera relación con ella. Pero vuelve y me obligo a pensar en otra forma muy distinta de ser hembra y apuntar algunas líneas sobre la patrona de la pensión que me cedió una lujosa, nuestra feroz y humilde Patrona. Pienso que los sanmarianos no podemos aspirar a más.

Corpulenta y mulata, con dos trenzas gruesas y grasientas colgando duras a los costados de la cabeza como puestas para enmarcar la maldad de la cara, boca amargada, ojitos de piedra negra.

Esta patrona, siempre vestida de negro y sin adornos, tenía un largo pasado al que jamás aludía, un pasado conocido casi en detalle por Díaz Grey, que todo lo conoce y que no es imposible que sepa también cuáles palabras estoy eligiendo al cumplir con mi deber casi escolar de garrapatear mis apuntes.

Su voz era la de un hombre con las cuerdas vocales castigadas por el alcohol; era cliente de la

farmacia que fue de Barthé; el médico me había contado que la patrona estaba debiendo dos muertes
sucedidas muy lejos, allá por el sur.

Este apunte lo escribí semanas después de otro muy extenso en el que intenté traducir confesiones del médico. Trato de resumir porque hoy me ha tocado un día de pereza. Angélica expulsó el feto y se vio que era hembra. Casi enseguida la madre parió también su odio. Trató de asfixiar en la cuna a la niña cubriéndole la cara con la sábana. Una casualidad, un descuido del que nadie era culpable. Salvada la niña de la muerte por asfixia, meses después la Jose descubrió que Elvira mostraba huellas de golpes. Y escuchó el llanto incoercible de la criatura hambrienta que la madre parecía ignorar. En una escena desagradable, Angélica gritó algo así como: «La odio y la voy a matar. Nunca me olvido de todo lo que me hizo sufrir cuando nació. Y, además, yo quería un machito.»

Estudiaron muchas soluciones y otra vez ganó la Jose. «Se la dimos a mamá que la criara como hija pagándole fuerte el patrón, mes a mes».

Que Brausen, sea quien sea, me perdone pero juraría que la Jose, mensajera de la paga, distrajo muchos pesos para regalar «algunas zonceras» a sus visitantes de medianoche. Y otra vez perdón por sospechar que también Díaz Grey fue uno de esos visitantes. A propósito, nunca supe cómo eran en realidad las relaciones del médico con su esposa. Recuerdo que una noche me dijo que ella era ninfómana. Que había consultado con «médicos de la capital, especialistas en problemas del sexo, médicos de prestigio y de verdad, no pobres lavativeros provincianos como yo», y aceptaba el diagnóstico de ataques ninfomaníacos recurrentes y nunca previsibles. Bovarismo, sentenció uno. Algo semejante a los ataques de *petit mal*. Y que él, cómplice con la Jose, se limitaba a que Angélica Inés tragara diariamente, sin saberlo, su píldora anticonceptiva. «No podría tenerla prisionera».

Por lo demás, enferma o no, era una persona y le tenía cariño y deseaba que consiguiera sus pedazos de felicidad.

10 de julio

Anoche me vino el ataque y haciendo balance debo dar gracias. Sé que algo muy parecido lo leí en las declaraciones de una mujer casi famosa pero no puedo recordar su nombre. Tal vez las raíces de esta coincidencia sean distintas. Ella, ella y yo, él.

Esa mujer decía que su mayor felicidad consistía en lograr que la dejaran sola y su mayor desdicha que le impusieran la soledad. Pienso que el ataque de anoche no sólo fue causado por haber quedado sin compañía en la gran casona. Eufrasia y la chiquilina se habían ido, muy temprano mientras yo dormía, a Santamaría Nueva. Encontré al despertar a mediodía pan, tortilla y chorizos. También había sobre la mesa una botella de caña pero me contuve y no bebí. Tenía además unos cuantos libros de asesinos y detectives pero no me daban ganas. Hacía tantos meses que nada me llegaba de Aura, nombre que en otros tiempos expresaba nuestro cariño. Nunca sabrá cuánto la sigo queriendo.

Era un hermoso día soleado y después de comer me eché vestido en la cama grande. No para la siesta sino para mirar, bocarriba, inmóvil, con las manos juntas sobre el vientre, la evolución del sol en el piso y en las paredes. Minutos, horas. El sol trepando y yo quieto jugando a la indiferencia. Nada que ver conmigo. Se fue acercando el crepúsculo y acabé por aceptar mi error cuando vi que el sol, ya casi horizontal, estaba lamiendo la reproducción de la cortesana del collar de gemas, tan gastada por el tiempo y sus mudanzas.

Y de pronto empezó. Como siempre, tan temida y nunca olvidada. En el comienzo yo pensaba mi nombre completo y lo repetía sin hablar, miles de veces, hasta que ya no era mi nombre, nada significaba. Pero como yo seguía siendo yo, tenía fatalmente que preguntarme quién es yo, porque yo soy yo y definitivamente no otro. Y la imposibilidad de pensarme, sentirme otro. Agregando que además ningún otro podría nunca comprender si yo tratara de explicarle éste, mi ataque. Porque todo otro, conocido o imaginable, negaría serlo, afirmaría sin la más pequeña duda ser un yo. El suyo, y que se vaya al infierno.

Recuerdo que en Monte, hace años, traté de confesarle algo muy semejante a esto a un siquiatra de diván. Este médico de diván, muy inteligente y católico, no me dio un diagnóstico pero sí dijo a un amigo que yo estaba loco.

Debo dar gracias porque esta catarsis me vació a mí y volví a sentirme burlón e indiferente y sería la madrugada cuando tomé algunas copas de caña aunque varias veces había dicho nunca más. Miré amanecer en el cielo y en el río y contemplé el eterno misterio verdinegro del bosque.

La pereza y los días fueron enfriando las frases de aquella mujer de una noche. Ya de mañana, eligió despedirse con una mentira. Me dijo que estaba viviendo en el hotel *Victoria*. Éste es, por ahora, el último nombre que le pusieron al enorme edificio que, según me cuentan, fue en un tiempo un hotel caro y muy visitado.

Periódicamente se producían las quiebras, aparecían otros propietarios, se hacían reformas y se inventaban nuevos nombres que intentaban lograr el olvido de tantos fracasos.

Pero pude averiguar que la mujer que en el hasta mañana mintió llamarse Mirtha, nombre en el que era imposible insertar una hache, nunca había pisado el *Gran Hotel Victoria*.

Ella habló mucho entre las interrupciones que fuimos requiriendo aquella noche y mañana. Cada vez más alargadas y empeñosas. Pero me basta con el recuerdo y la tristeza del bien perdido. Lo que me importa es tratar de reconstruir sus frases. Aunque debo dejar escrita mi sorpresa inicial. Cuando empezamos con la batalla que llaman amor, vi, sentí que aquella mujer nada tenía que ver con las putas que yo levantaba del *Chamamé*. Aunque intentara no creer, era indudable que ella gozaba. No trató de engañarme con suspiros, gemidos, gritos sueltos o ahogados ni revolcando la cabeza en la almohada.

Me bastó mirar su cara dolorosa que sufría hasta alcanzar la fealdad. Aquel frenesí impúdico tan ajeno a la quietud paciente de las putas del salón de enfrente. Pensé que llevaría mucho tiempo de castidad cuando me obligó a cambiar la posición de mi cuerpo, se colocó encima y casi de inmediato dijo:

—Ay, Dios mío —mientras las lágrimas le mojaban la cara.

A lo largo del encuentro hice amistad con su triple oferta y fui gratificado con una sorpresa que me aumentó la furia.

Al apuntar esta ventura recuerdo que en mis experiencias comprobé que los perfumes femeninos se dividen entre los que me dan evocaciones marinas y los que me obligan a pensar en un cubil de fieras. La falsa Mirtha era generosa con ambos.

Pienso que estas felicidades compañeras se dan pocas veces en la vida, sin haberlas merecido. Acaso porque el destino está de buen humor.

Todo esto es muy hermoso pero ya no me excita. Mañana trataré de reconstruir y apuntar lo que ella me fue diciendo como si se confesara.

Tal vez esté confundiendo los tiempos. Elijo éste para Díaz Grey. La imposición del teléfono parió indignación y tristeza. Aquella blancura arrinconada me estuvo recordando que no había en el mundo ninguna persona a la que yo deseara llamar.

Y cuando el aparato sonaba lo sentía como un zumbido entrecortado que perforaba el aire, sólo para retirarse después de las palabras escasas.

Era siempre Díaz Grey y hablaba como temiendo que un tercero escuchara.

Una vez por semana al menos, pero nunca en día fijo. Pienso que el hipotético pinchateléfonos quedaba defraudado porque nuestras conversaciones eran siempre variantes de este modelo:

—Hola, Carr. Quería invitarlo a probar un malta si no tiene algo mejor que hacer (aquí reía simpático).

—Caramba, doctor. Pensaba masturbarme. Ya sabe usted que Onán...

—Que se joda don Juan. A las nueve. Lo del malta va en serio.

Me unía a las toses del *jeep* y a las nueve subía la escalinata de la que él llamaba la locura de Petrus. Tal vez sin saberlo, recordando a mi amigo Almayer porque había descubierto o encontrado el quiosco librería del viejo Lanza.

Recuerdo la primera visita de mis amigos los camioneros. Bueno, la amistad se fue haciendo en sábados sucesivos. Yo estaba leyendo un libro, cualquier policial vetada por Lanza. Para mí, el silencio era total con excepción, tal vez, de la serenata del grillo cuyo escondite en el dormitorio *Tra* nunca pudo descubrir. Y vuelvo al primer sábado. Nada oí pero mi perro se puso a gruñir. Yo esperaba y temía los ladridos pero éramos tan amigos, nos queríamos tanto que me bastó hablarle y acariciarlo para que se sosegara y volviera a los pies de la cama. Sentí que ya pesaba mucho, que había perdido la felicidad inquieta de sus días de cachorro pero conservaba la felicidad de seguir ignorando que algún día iba a morir. Ahora yo también estuve distinguiendo los ruidos de la descarga y la vigorosa mala palabra de algún camionero que se había golpeado al bajar del vehículo. No hicimos caso y tratamos de dormir. Él lo consiguió o fingió el sueño para complacerme.

17 *de agosto*

Los sábados y domingos se inician con pequeños ruidos que no llegan a despertarme pero van debilitando el poderío de mi sueño. Es Eufrasia que se está vistiendo para su viaje a Santamaría Nueva. Hace compras, encuentra amores o los reencuentra, visita a los padrinos de Elvirita y vuelve los lunes para aburrirme con el relato de las novedades que surgieron en las vidas de tanta gente estúpida que ella conoce y para mí no pasan de formar un grupo gris, desechable y anónimo. Pero también habló de Elvirita creyendo que la conoce y que mucho sabe de sus andanzas.

Pero para mí basta con que me la nombre y me tolere, sin saberlo, inventar curiosidades distraídas para decir a mi vez el nombre de la muchacha. Pero, antes de sus regresos de los lunes, yo viví las dos noches que los anteceden.

Ahora soy amigo de los visitantes de la noche. Soy amigo del camión, del hombre que lo conduce y nunca baja ni habla, de los dos tripulantes que no son siempre los mismos y también amigo ignorado de la mercadería que a veces ayudo a cargar hasta el galpón. *Tra* siempre agradecido al movimiento de las cosas, agitando el rabo, festejando con débiles ladridos que me parecen risas de bienvenida.

Tal vez mis conversaciones con los tripulantes, aunque debería decir con el que capitaneaba el viaje, fueran siempre iguales a través de semanas y meses.

—¿Qué tal, buen viaje? —yo.

—Sin novedad —él.

Éste era un hombre corpulento, rubio peli-rrojo con una invariada camisa a cuadros, robada sin duda de alguna película en colores con tema del Lejano Oeste. Aquella camisa, siempre semiabierta en el pecho, era como su uniforme y no vestía otra co-sa así las noches fueran calurosas o heladas. Cierta vez le ofrecí un trago de una de las mejores botellas de las que le regalan al doctor pero se excusó.

—Yo, a lo mío —sacó una petaca del bolsi-llo trasero del pantalón y bebió sin invitarme.

Cuando termina la descarga y el camión se aleja, cumplo con mi tarea nocturna y llamo por teléfono para repetir las dos palabras tan avejentadas por el uso:

—Misión cumplida.

Alguna vez, movido por una tortuosa forma de la cobardía, por eludir sin comprometerme, por la vieja tentación de zambullir guardando la ropa, mascullé ante Díaz Grey un indeciso remordimiento por estar participando en repartir decadencias y muertes.

El médico me desconcertó diciendo:

—Un drogadicto, como un alcohólico, es un suicida. Está ejerciendo su derecho indiscutible a practicar un suicidio al ralenti. El alcohol no está prohibido porque los gobiernos son socios de los fabricantes. Cobran sus ganancias mediante impuestos. Lo mismo digo del tabaco. Cuando prohíban el suicidio renunciaremos a los camiones.

No exactamente con estas palabras fue lo que dijo. Al despedirme me regaló un libro llamado *El mito de Sísifo*. Hace unos días empecé a leerlo.

Escribo y repaso esta fecha con el bolígrafo último modelo que compré en el tinglado del viejo Lanza. Es una fecha que me gustaría tenerla inmóvil durante la farsa de los días que se acumulan y reclaman su lugar y desean sustituir y ocupar vacíos el sitio que encabezan estos apuntes.

El viejo Lanza, condenado a morir por la enorme tristeza que le imponía la ocupación de su patria por militares, curas y estraperlistas. Es cierto que la ola sucia ya había remitido años atrás. Pero había aventado la aldea del viejo Lanza, su rincón, sus costumbres, tal vez su vaca, la maestra rural y sus nietos, sus esperanzas sin ambición.

Mientras elegía colores de bolígrafos en el negocio del viejo Lanza, hombre inmortal que en realidad se llamaba España Peregrina, le oí comentar dulcemente burlón: «Este azul le puede servir para todo. Fue del cielo, después lo robaron los cabrones, después volvió al cielo. El de cada uno. ¿Cartas de amor? —empujaba las lapiceras con un índice que tenía más nicotina que piel—. No desprecie este rojo que fue engaño como la muleta de un torero. Otro vendrá. Nadie sabe si en el mundo hay más sangre que hambre.» Yo sabía que tiempo atrás existió un diario llamado *El Liberal* así como otro titulado *El Socialista* que salía de vez en cuando y lo editaba el boticario Barthé. Ahora sólo se publicaban ocho páginas del periódico *La Voz del Cono Sur*.

No sé si esta charla con Lanza sucedió el mismo día que marcó la fecha que deseo respetar y darle una fugaz eternidad. La fecha señala el día en que creí haberme aproximado a la verdad íntima, casi total, de otro ser humano. Algún día volveré a Lanza. Ahora copio, infiel, la historia que me contó el médico.

10 *de diciembre*

Durante mucho tiempo hice apuntes de mis entrevistas con Díaz Grey. Los guardaba junto con los demás en una gran carpeta color vino, acordonada, que le había comprado al viejo Lanza. Una noche pensé que no valía la pena mezclar esos apuntes con los otros. Porque mis charlas nocturnas con el médico formaban una serie muy larga de lo mismo. *Chamamé* o no, mujer alquilada o no, mis charlas con el médico se reducían, por mi parte, antes de la aparición del turco y del cambio aparente de mi vida, a escucharle historias. Me fui haciendo escéptico y casi incrédulo, a medida que él iba poniendo en palabras sus recuerdos, y confieso ahora que llegué a sospechar que aquel hombre mentía —fabulador admirable— o que se trataba de un caso de senilidad prematura.

Aquel Díaz Grey, médico forense de Santamaría, no podía pasar mucho de los cincuenta años.

Pero lo cierto es que sigo recordando, y a veces apunté, una larga teoría de noches y sucesos. Trato de encadenar y voy escribiendo:

Creo que su mayor orgullo fue sacudir la Santamaría pacata contribuyendo en forma clandestina a que el proxeneta danés, cuyo nombre me dijo y apunté y perdí, se instalara en esta ciudad «donde gobernaban viejas beatas, empresarios gordos y militares nunca asomados que protegían la reserva espiritual de Occidente». Enumero, lento y absorto, como quien trata de dar palabras a un sueño ya muy lejano.

En el Concejo de cinco miembros, dos de un partido llamado conservador —aunque nada había conservable—, dos de un partido llamado liberal, aunque nadie jamás se puso de acuerdo ni se preocupó de dar un significado creíble a ese término. Ante la amenaza prostibularia los primeros gritaron no, jamás. Los otros, tal vez sólo por molestar, aceptaban la instalación en Santamaría, por razones higiénicas que nunca fueron explícitas, de un prostíbulo, o sea lenocinio, burdel, putaísmo, lupanar, mancebía o cualquiera fuera el nombre que proporcionaron tantas dichas de varones, antes de que las bravas muchachas en flor o en fruto agotaran en las farmacias las reservas de píldoras.

Los sustantivos arriba enumerados fueron vociferados en el Concejo, en el Club social y en los hogares sin mácula conocida. El diario *El Liberal* a pesar de su nombre fue sabio, ignoró la disputa y conservó lectores de uno y otro signo.

Pero había otro concejal, contó Díaz Grey con una sonrisa misteriosa y de leve triunfo. Creo que fue la única vez en nuestro millar de entrevistas que le sospeché algo de vanidad. El tema me interesaba porque pensé que existía otro prostíbulo en Santamaría, la nueva o la vieja, además de la fila de mujeres a la intemperie asediando, frente al *Chamamé*. Bueno, sí, había otro concejal, el quinto, que decía ser socialista como podía haber asegurado ser monárquico.

Los sanmarianos lo votaban una y otra vez con buen humor. Tenían, es normal, una fuerte repugnancia por la profesión política. El concejal número cinco insistía en presentar cada año un proyecto que autorizaba la instalación y uso de un prostíbulo en Santamaría, aún no dividida en nueva y vieja. Era, según el médico, boticario, obeso y pederasta. No recuerdo el nombre ni qué destino tuvo.

Me contó el médico que después de muchos tanteos diplomáticos logró que Santamaría pudiera enorgullecerse y avergonzarse de estrenar un prostíbulo.

—A mí sólo me movió el aburrimiento y la curiosidad. Y recuerdo que en aquellos tiempos me dio por inventarme dolores reumáticos y compré un bastón. Es indudable que este casi renguear y andar golpeando todos los pisos debe tener algún significado para cualquier sicoanalista. Nunca lo supe y nunca me interesó.

Y después de la gran victoria prostibularia puedo escribir con exactitud que todo el resto es confusión literaria. Demasiadas historias, tantas pequeñas aventuras para un hombre solo vegetando en soledades provincianas. Perdí apuntes o nunca los escribí, por desconfianza.

Un vagar sin sentido comprensible por las arenas que rodeaban una casa, un infantil empeño en enterrar un anillo que debió estar unido a una historia amorosa y difunta; meses de drogas prescriptas y usadas por tres o cuatro personas que se fugan disfrazadas, sumergidas en la estupidez de cantos, músicas y sudores hediondos de un carnaval ya añoso; un adolescente empeñado en dar sepultura cristiana a un chivo maloliente; un promotor de lucha libre, viejo campeón ya vencido por combates, y el tiempo que resulta vencedor de un muchacho mucho más fuerte y joven sin que pueda explicarse por qué; y basta para mí.

De todo lo que fue recordando el doctor me reservé, como cosa tan querida que la hice mía, la imposible historia de una muchacha que por despecho...

Es algo hermoso y no quiero tocarlo con dedos fatigados y temblones. Será mañana si Dios quiere.

Había olvidado el nombre de la muchacha o quise olvidarlo porque presentí que no me serviría. No tuve que esperar mucho tiempo para saber que era necesario llamarla, por ejemplo y ya para siempre, Anamaría.

Sólo nombrándola así me sería posible verla, acompañar sus movimientos, visitar con ella y su dolor calles, negocios, parajes sanmarianos. El destino la había golpeado, le escamoteó el hombre querido, al casi esposo, hundiéndolo con su yate en un mar cualquiera y de nombre ignorado, dejándole, tal vez con sarcasmo, nada más que la tristeza sin resignación. Sólo aquel vestido de novia que se fue despojando de miles de vísperas felices. El vestido que permaneció para insinuarle el más profundo sentido de la palabra irremediable.

Ahora la tengo, toda ella Anamaría, y la coloco por días o meses boca arriba en la cama. Pero en vano, siempre en vano. Es un cuadro y yo dispongo. Coloco el vestido colgado sobre el espejo de un gran ropero. Los tules y encajes velan impasibles caricias desconsoladas y la gran desesperación que obliga a permanecer horizontales. Como si oprimiera el cuerpo de la muchacha, no sé cuánto tiempo, hasta que aceptara la imposibilidad de corregir los pasados. Hasta que la demencia, irresistible y lenta, fuera trepando por el cuerpo extendido para arrebatármela, hacerla suya y convencerla de que era necesario ponerse el vestido blanco y recorrer, fantasmal y grotesca, calles y callejas de Santamaría.

Siempre pareció una pérdida de tiempo hacer apuntes de los dos viajes que me llevaron y me trajeron del islote verde sobre, tal vez, el más traidor de los ríos. También puede ser que lo haya hecho tiempo atrás. Pero hoy no tengo ganas de revisar apuntes viejos de muchos meses. Tampoco sé por qué me da por recordar y dedicarles más líneas que presumo no pasarán de algunas frases escuchadas con tanta indiferencia como mal humor.

Durante el viaje hasta el aeropuerto clandestino de los contrabandistas, pequeño aeropuerto por todo sanmariano conocido, y antes de instalarnos en la avioneta del profesor Paley, inconfundible por las letras y números pintados cerca de la trompa, el turco me fue diciendo más o menos:

—Para mí, que no pasa de susto. Todo se arregla pero no se sabe cuándo. Entretanto hay que no estar. Tenían a ese milico con galones justo donde debía estar. Instrucciones claras. Cada vez que llegaba la hora señalada del camión él tenía que tirarse un pedo y alejarse persiguiéndolo. Nunca lo pudo alcanzar.

«Tanto si lo encontraba o no, había pasado tiempo suficiente para que el camión siguiera viaje sin que a nadie le diera por curiosear. Pero qué hace el muy idiota. Cada ausencia le valía un millón. Limpito, sin impuestos. Y al muy cretino le da por los restoranes más caros, por vestirse como si fuera el mismísimo Príncipe de Gales. Desparramar fichas en el casino y convertirse en el rey de la milonga. Todo eso era más que descuido, hedía como provocación. Todo el mundo supo y comentó. Y, claro, los milicos de arriba y muy arriba tuvieron que decir basta, no fuera que los salpicara a ellos. Aunque bien empapados estuvieron siempre. Y el imbécil, separado de cargo y vaya a saberse en qué región remota estará dirigiendo un tráfico de carretas y triciclos.

»Pero yo estoy limpio y si me lo estoy apartando de la chamusquina es a pedido del doctor, al que le debo grandes favores y respeto.

»Ahora permítame que pare el coche y le cuente un sucedido ya muy viejo. Nada tengo de loco, aunque usted piense que esta necesidad de contar aquello sea cosa de loco. Se trata no más de un recuerdo y a veces pienso que si me muero sin decirlo también se muere el recuerdo y para siempre. Se lo trasmito y me parece que es una manera de que esa tontería permanezca un poquito más. Usted es libre de ayudar contándolo a otra persona. Claro que el mío se irá deformando pero siempre algo queda.»

Encendí un cigarrillo, el coche quieto contra una cuneta, y me preparé para escuchar una atrocidad, una vergüenza.

—Usted sabrá —empezó el turco— que los pueblos de todos los países no usan nombres científicos cuando se refieren a los órganos sexuales de macho o hembra. Para mi historia sólo interesan los de las mujeres. En Estados Unidos, por lo menos en Nueva York, se dice conejo o conejito o gatito, nombres con ternura aunque me desconcierte un poco cuando pienso en orejas. Y así. En España es coño, en Francia con, en Argentina concha, cajeta o papo según las regiones. Mi historia sucede en la provincia de un país tropical al que habían emigrado mis padres cuando yo era niño, país al que no pienso volver nunca. Allí el nombre es, o era, cotorra.

»La ciudad tenía un barrio alejado del centro y todas las casas tenían las paredes blanqueadas, y todas las casas eran prostíbulos que abrían después de las seis de la tarde y la historia, o lo que sea, sucedió en un mediodía de mucho calor. Yo tenía ya dieciocho años pero no había ido al barrio buscando mujer, sino que estaba allí para cortar camino en vía a cualquier sitio. Todas las puertas cerradas y las pupilas sesteando. De pronto llego a una puerta abierta y un canturreo. Ahora fíjese bien en lo que vi y escuché.

»Yo, un gran patio de baldosas coloradas, en el centro una mujer balanceándose en un sillón, ida y vuelta, vestida o no con una bata desabrochada que mostraba la tristeza de una teta caída, interrumpiendo la canción repetida para tomar tragos de la botella al pie del sillón hamaca para volver a cantar con su voz vieja y borracha:

> *Qué me importa*
> *que me toquen la cotorra*
> *si eso me ahorra*
> *tocarla yo.*

Una vez y otra, amigo. Aquello me pareció fuera del mundo, fuera de mis ojos y mi oído, irreal e imposible.

»Me quedó adentro y lo recuerdo seguro de que lo veo y lo escucho. Es fotografía, es un grabado, es la canción. Bueno, perdone. Siento que ya se lo di y ahora somos dos. Haga lo que quiera. Ahora seguimos viaje, que la avioneta espera.»

Agregó el turco:

—Y también, le confieso, soy deudor de usted, aunque en los hechos nunca le manifesté esa deuda. Pero me lo prometí a mí mismo. Y siempre me cumplo. Se trata de un asadón con fiesta. Así le decimos. Y ese asado estará esperándolo cuando lo tengamos de vuelta.

Lo que tengo que llamar mi casa es una habitación con cuatro paredes sin ventanas y con una puerta que da al pasto, a los arbustos y al río. Hay, afuera, una letrina en forma de prisma. El islero o isleño vive al fondo en una casilla de madera.

Mis riquezas son pocas. Tengo mesa y silla para escribir y comer cuando el tiempo impide hacerlo al aire libre. Hay un mamarracho con aspiraciones de biblioteca: los clásicos tres ladrillos en cada punta sosteniendo un tablón y otros ladrillos como sujeta libros. Una veintena supongo y de índole coincidente y curiosa. Volveré a esto. Y finalmente hay una gran biblioteca de verdad, de esas antipáticas con cristales que permiten divisar volúmenes prohibidos al mundo por un gran candado.

Imposible olvidar que tengo una hamaca por cama, que todas las noches son muy frías, que tengo mosquitero, muchas mantas y algo que llamé edredón: un cobertor relleno de papeles picados. La cama hamaca tiene algo del imaginado perro que me gustaría para juegos y caricias. Cuando me muevo en la noche, la cama se balancea con su conocido vaivén pausado. Acá termina la enumeración de mis tesoros.

Me da por sospechar que el islero intuye la existencia de dinero en mi cuarto o en mi cuerpo. La verdad es que, antes de la diáspora, envolví los billetes grandes en un pedazo de sábana y el paquete sigue apoyado, noche y día, contra los pelos del pubis, contra el sudor ya maloliente porque algunas noches el calor me obliga a desnudarme, siempre protegido el tesoro por el llamado edredón relleno de papeles que crujen quejosamente cada vez que me muevo.

Quisiera recordar o saber qué significa la palabra, adjetivo, sinuoso. Porque el islero es sinuoso. Si me abandonara podría escribir que es hombre parco en palabras o de poco hablar. Pero no me abandono y confieso el absurdo de calificar de sinuoso su apenas interrumpido silencio. A veces sustituye palabras con gestos. Cuando me anuncia que la carne asada está a punto, sus movimientos, su cara de piedra, invariable, también es sinuosa. Y, además de sinuoso, lo llamo mi hombre Viernes.

Sé que aprovecha mis sueños de borracho para visitar mi habitación y buscar el escondite del dinero. No trata de ocultar sus visitas. Un mediodía me desperté mirando las huellas de sus pies mojados por la llovizna o el rocío. Me hizo gracia. Muchas veces habrá usado mi sueño embrutecido para buscar en mi cuarto. Desengañado, ahora sabe que el tesoro está en mi cuerpo.

Anoto un pequeño incidente que me ocurrió ayer porque sin quererlo le atribuí un significado. Tal vez sucedió para clausurar algo o acaso para iniciar.

El dinero estaba seguro, lo sentía apoyado en mí recordándome con burla antiguas presiones de nalgas de mujer; pero no era imposible que el islero hubiera robado mis documentos. Sin los papeles yo dejaba de ser Carr y si no era Carr no era nadie.

Me arranqué de la siesta que ya era torpeza y busqué la carpeta de apuntes escondida en la chimenea limpia y fría. Allí estaba y, al abrirla, comprobé con alivio que tres documentos confirmaban la existencia de Carr con mi cara inconfundible en las fotos. Pero, acaso por la alegría de no haber sido exiliado a la noche oscura de la nada, aflojé los dedos y los apuntes se desparramaron por el suelo. Cuando los recogí y traté de organizarlos sobre la mesa intuí que no les falta razón a los que dictaminan la inexistencia del tiempo.

Barajé con melancolía tantos días, meses y tal vez años confundidos, sin esa gradación cronológica que ayuda sin que lo sepamos a creer, débilmente, que hay cierta armonía en esta reiterada, incansable «persuasión de los días».

Claro que también para mí es perceptible mi contradicción. Al fin y al cabo esto no tiene más importancia que yo mismo.

Vi que casi la totalidad de los asuntos refiere a Santamaría y sus aconteceres. Y cómo, misteriosamente y sin ganas de confesarlo, lo único que verdaderamente me importa es esa ciudad, villa o pueblucho.

Así que para qué seguir con estos apuntes hechos incongruentes al entreverarse. Tal vez regrese algún día de éstos a esa ciudad condenada desde su nacimiento a ser provincia o, peor, a ser provinciana, que mucho me interesa sin llegar a quererla demasiado. Tal vez no demore el turco que hasta aquí me trajo en un viaje eterno y cumpla su promesa de redención. Entretanto tendré la sucesión de los almuerzos del mediodía frente al islero sinuoso que corta pedazos de carne junto a su boca con el filoso cuchillo de monte. Y no sé si piensa que hay dinero verde en algún lugar de mi cuerpo.

Además, tengo aseguradas las borracheras que inicio suavemente al atardecer, a la hora en que los mosquitos pican enfurecidos. Dijo un amigo que sólo hay dos dioses, llamados ignorancia y olvido.

Porque falta el islero que en nada es mío; más bien él resulta ser mi dueño ya que me da de comer; un pedazo de carne asado vuelta y vuelta que acompañamos con un vino muy malo tomado de la botella que adorna una etiqueta que muestra un racimo de uvas y proclama que el contenido fue hecho con uvas. Queda el misterio de la carne siempre fresca aunque la lancha del proveedor atraca para nosotros sólo un día por semana.

Y queda otro misterio. Me digo que por hoy basta. Estoy cansado y aquí las noches son muy frías.

Adivino que algún día la humedad triunfará
como reuma o ciática o cualquiera de las pestes que
podrán asaltarme si está escrito que llegue a la vejez.
Por ahora todo va bien y puedo agacharme para
sacar libros de la biblioteca tablón.

Y qué felicidad divertida cuando leo esas
obras de fin de siglo con pretensiones eróticas escri-
tas siempre por franceses que aspiraban a integrar la
inexistente academia de autores malditos.

Estaba en mitad del cuarto hojeando un libro increíble hurtado a la biblioteca tablón y ladrillo cuando la maldita cosa me atrapó a traición. Frío
en las vértebras y la aproximación de una muerte
que sólo era cansancio. Pude echarme en la hamaca y
boca arriba, recuerdo, me asaltaron las preguntas
que nunca supe quién las hacía. Comencé interro-
gando quién soy, porque no soy otro y estuve repitiendo mentalmente un número infinito de veces mi
nombre verdadero, hasta que perdió sentido y lo
siguió un gran vacío blanco en el que me instalé sin
violencia y era el ser y el no ser.

Nunca supe cuánto tiempo estuve esta vez
prisionero de la cosa. Cuando quiso abandonarme
quedé integrado en una noche fresca, con luna menguante y el rumor del río demasiado fuerte. Era una
pequeña convalecencia para una pequeña enfermedad. Resolví burlarme de mí mismo y busqué el

cajón con las botellas del mal vino y me puse a beber como un castigo, como cumplidor de una promesa. Al destapar la segunda botella recordé que una noche el médico había comentado, al paso y sin darle importancia, que mis manos temblaban.

11 de mayo

Pero no fue el turco Abu quien vino a liberarme sino el mismísimo profesor Paley. Era una tarde en que todo el río era domingo. Llegó en una lancha adornada con el banderín del club de remo, que atracó en el embarcadero y, mientras el lanchero quedó contemplando idas y venidas de lanchas y botes, el profesor se llevó al islero a mi habitación y charlaron muy largo.

A pesar de que muchos meses pasaron, puedo recordar sin esfuerzo la escena del encuentro. El islero sinuoso recibiendo al profesor como a un viejo amigo, muy querido y respetado. La sonrisa lacayuna desde peón a patrón.

De vuelta de la isla, los camiones siguieron funcionando normalmente.

Y me llegó el asadón con fiesta mediante una invitación telefónica del turco que casi era una orden. Pero me avisó que mucho lamentaba no poder acompañarme porque mientras yo disfrutaba del asado, tal vez cordero, en la punta Este de la frontera junto a las fuerzas anticontrabando, un piquete, todos buenos amigos y de confianza, él estaba obligado a pasar la noche trabajando en la punta Oeste de la frontera que estaría aquella noche desguarnecida de fuerzas policiales, puesto que los vigilantes estarían conmigo y muy lejos de negros y monedas de oro.

Así que llegó un *jeep* con un milico uniformado que me hizo una venia y una guiñada y nos fuimos a mitad de la tarde hacia el asado misterioso.

Me tocó una parte muy buena del asado y lo fui tragando con la ayuda de un vino muy seco y fuerte. En mi reloj era medianoche. Entonces, en nombre del terceto, el sargento señaló con el máuser la sombra a su izquierda y dijo: «Usted primero, como visita bienvenida».

Todavía no estábamos borrachos y los tres hombres permanecían serios, haciendo luciérnagas con las puntas de los cigarrillos.

—Ahí derecho tiene la casilla. Le aseguro que no hay peligro de salud. No se preocupe por nosotros. Tómese el tiempo que quiera. Yo voy último porque quiero hacer dormida.

Todos serios y la noche sin luna, sin perspectiva de algo que pareciese amor, cuatro machos sin alegría ni impaciencia turnándose sin prisas para vaciarse en un coito al que era imposible adormecerle la animalidad con besos o caricias.

Enderecé hacia la sombra con casilla y al poco distinguí una luz mezquina y rastrera.

La puerta era una cortina de arpillera. Empujé con el codo y entré en el tufo que segregaba, tenaz, una pila de pieles de cordero. Del techo colgaba un farol de luz amarilla y en una cama estrecha estaba una menor de edad envuelta en un camisón de bordes grisáceos.

Dije buenas noches, tanteando.

—Buenas para usté —me contestó con una voz que era muchos años más vieja que ella. Avancé un paso con sonrisa y le miré los ojos negros, inmóviles en la cara flaca donde presionaban los pómulos. Y de pronto la reconocí. La había visto tantas veces y en tantos lugares distintos, siempre la misma, e imaginada sin esfuerzo en cualquier lugar del mundo. Era ella, inconfundible, aunque variaran los estilos de pobreza de sus ropas. Allí estaba, vieja amiga, vieja lástima. Estaba y sigue estando, idéntica, sin madurar, siempre renovada. Ella. A veces adelanta una mano que ofrece pañuelos de papel o aspirinas, condones, caramelos, pastillas. Inmortal y ecléctica. Si la jornada resultó tan miserable como su pro-vida y presiente los peligros de un regreso a la cueva sin el fugaz escudo de algún dinero, también puede ofrecer en venta lo que propone la sonrisa turbia que jamás es acompañada por la permanencia del total desencanto, ya fijo para siempre en los grandes ojos inmóviles. A veces, desesperadas, las pordioseras sólo pueden ofrecer la desnuda limosna de sus manos sucias, rogando monedas, los ojos agrandados en la flacura de las caras, los ojos donde alternan el hambre y el odio.

Le puse una mano sin peso en la cabeza y corcoveó rechazando.

—Déjese de toqueteos que yo bien sé a qué vienen ustedes. Mejor que se apure porque en una de ésas me dejan sin asado.

Y entonces cometí mi error y le hice la peor ofensa que puede hacerle un hombre a una mujer, ya sea puta o no del todo.

El reencuentro acabó en fracaso. Imposible desearla; la había visto tantas veces, tantas veces en cualquier sitio, había querido, en vano, ampararla. Era la piedad, la jodida piedad.

De modo que le dije con una voz suave y amistosa:

—Mirá, querida, lo que podemos hacer...

—Yo no soy su querida. Y claro que tengo mi querido, pero él es mozo.

Movió la cabeza y pude verle en la mejilla que había protegido la sombra una larga herida de uñas con algunos puntos que aún brillaban.

Pregunté y dijo:

—Fue que tuvimos con mi mejor amiga, que es la Mariamarta. Porque pensábamos en venir para trabajar las dos en una fiesta grande pero fuimos sabiendo que la fiesta se achicaba y entonces no había tarea para dos porque hubiera sido estarnos robando dinero la una a la otra. Así que peleamos cuála de las dos y hubo disputa y yo le gané y si usted me ve esta marca algún día verá que ella no se salió librada.

Le di la razón e insistí con la propuesta:

—Mirá. Me dijeron que la tarifa era cuatro pesos. Te dejo cinco en la mesita y charlamos de cosas un tiempo para engañar a los milicos.

La mesita era un cajón de madera puesto vertical.

No recuerdo la primera palabra insultante que gritó. Sí recuerdo la furia de los ojos y la boca. Renació el dialecto de la frontera:

—Eu no aceito limosna.

Se subió hasta el pecho sin pechos aún el borde del camisón mugriento.

Ya era noche oscura cuando la chica salió de la casilla y se acercó, odiando y cínica, al fogón, chorreando semen por las flacas piernas, para comer al fin pedazos de carne, después de tantos días de fideos hervidos.

3 de agosto

Quisiera apuntar, como un chiquilín malhumorado, hoy no apunto nada. Algo me están asustando los días con rostro invariable. La reiteración de días iguales, confundibles. Porque me confieso que me estoy confundiendo y no podría afirmar, por ejemplo, si fue ayer u hoy que escribí, un poco borracho, la carta muy cautelosa e inválida destinada a la mujer ahora llamada Aurora, ya no Aura, que nunca pondré en el correo porque hace tiempo que ignoro en qué país está viviendo, si es que vive.

Y no puedo asegurar que haya sido ayer que en el crepúsculo el sol se puso rojo y ese color duró tanto tiempo que me pareció una amenaza. Siempre se me entreveran los recuerdos o mejor dicho cuándo, en qué día sucedieron las cosas que quiero o tengo que recordar.

Bien sé que una noche de éstas se llamará sábado y llegará el camión con dos muchachos y repetiremos, casi, las frases y las bromas de sábados anteriores. La única variante será enterarme de qué extraño recipiente eligieron esta vez para esconder la mercadería.

Hubo juguetes, libros y hasta cocos.

Pienso en mis días y los imagino como placas de una mesa de juego que van cayendo unas sobre otras, todas del mismo color desvaído y valiendo siempre lo mismo.

3 de septiembre

Para esta distracción sin destino me pareció que sería más divertido escribir los apuntes con distintos útiles. Visité al Viejo Lanza y luego de escuchar muchas maldiciones contra caudillos, curas y militares, maldiciones iniciadas o interrumpidas por la palabra coño, le compré, además de las torpes novelitas policiales, una buena cantidad de lápices, lapiceras, bolis o lo que todavía no fue inventado, para ensuciar papeles.

De algún lado me llegó un vaso verde, jaspeado donde al lado de mi cama me muestran ofertas de colores, de posibilidades muy disputadas, de escribir apuntes que serían siempre sobre hechos futuros, nunca sucedidos. Apunto que a veces, entorpecido y deslumbrado por los brebajes de Eufrasia, los miro, acaricio apretándolos en manojo y les dedico una sonrisa pensando: ¿por qué no? Es muy posible que alguna noche pronuncie en voz alta esa interrogación.

Hoy recuerdo que durante el exilio en mi santa helena personal estos apuntes resbalaron y cayeron al suelo entreverándose. Los junté como pude y nunca traté de ordenarlos. Para hacerlo hubiera sido indispensable mirar fechas y sucesos: una tarea imposible para mí. Leer lo apuntado me resultaba no sólo desagradable sino también repugnante. Todo lo sucedido está muerto y enterrado en el transcurso irrefrenable de segundos, minutos, en las horas superpuestas sin remedio a las que eran dichosas o tristes.

Miro la montañita de los apuntes y sé que no tienen destino. En la vida de todo hombre normal y maduro hay siempre una mujer lejana. Por la geografía o los días. Nunca volveré a ver a mi lejana. Si vive, pisa un punto de la tierra ignorado por mí. Y si llegara a producirse el milagro, ya marchito, del reencuentro, tampoco te ofrecería mis apuntes como lectura. Tal vez, *Lejana*, te mostrara el montón de hojas como una avergonzada y lastimosa prueba de que yo estuve viviendo en tu ausencia.

Sí, hubo dos viajes y muchas frases. Pero puede ser que los anote otro día. Total ya son de un ayer muy largo.

Estoy en Santamaría, sólo en la gran casona que huele a humedad. Cuando me sentí descansado, me bañé, me afeité y me fui en el *jeep* atravesando un crepúsculo rojizo que anunciaba lluvia que no vino, a visitar a Díaz Grey.

Me recibió como si hubiéramos estado juntos anoche, como si la voz de alarma no hubiera llegado hasta él. Ahora tenía y ofreció un coñac francés en copas adecuadas. Era una delicia mover mucho la lengua antes de cada trago.

Varias veces yo había visto en el gran escritorio una grabadora de bolsillo. Y cuando después de los bueyes perdidos me dijo que consideraba leal contarme muchas cosas (antecedentes, dijo), le pedí permiso para usar el aparatito. Me dio el sí con sólo encoger los hombros. Dijo:

—Ya tiene secas las pilas.

Dejé el aparato con vergüenza. Porque pensé que el médico iba a descargar aquella noche otro torrente de sucesos mentidos, siempre protagonizados por él. Pensé que para haber vivido tantas cosas se hubiera necesitado disponer por lo menos de dos vidas. En todo caso yo, pobre diablo, sentía envidia por su imaginación y su manera tan personal de

narrar sucedidos que nunca sucedieron. Acepté con
desengaño que, por más que me esforzase, yo nunca
podría hacerlo. Y no digo conversando como lo hacía él sino mucho menos escribiendo. Pienso en estos apuntes que estoy resuelto a continuar nunca se
sabe hasta cuándo.

5 de febrero

Casi anocheciendo, en sábado y muchas horas antes de lo habitual, oí el ruido de un camión que se acercaba a mi casona. Salgo a la puerta y cuando me disponía a saludar y tal vez a ayudar en la descarga, el coche aceleró y muy pronto no fue más que un recuerdo. Llamé a Díaz Grey y me dijo:

—Ése es Garay, el tuerto. El muy cretino pensó que lograría escaparse con la mercadería. No irá muy lejos, yo me encargo. Pero complica mucho.

Pasaron días y se me hizo evidente que el médico no deseaba hablar del camión fantasma. Sólo supe por chismes oídos al chusmaje del *Chamamé* que el llamado tuerto, que no lo era, estaba ahora en purgatorio o infierno. El cuerpo apareció en un charco cerca del río. Según supe, muy suicidado.

Es curioso que en momentos de grave tristeza y de mil pequeñas nostalgias que se juntan para
herir, nunca demasiado, mire el cuaderno en que
apunto con algo de satisfacción absurda y ganas de
quemarlo.

El que puse ahí no soy yo del todo.

Hoy hubo visita. Elvirita. Aspavientos de
Eufrasia, bienvenidas hipócritas. Un beso como ausente en mis dos mejillas. Después silencio. Ella en
la cama leyendo esa serie de casualidades que forman
una gran novela, *Los monederos falsos*. Yo mirándole
las piernas tan largas, que empiezan en unos calza-
dos absurdos que se llaman botinas, todavía blancas
porque el verano aún no llega. Y miro con disimulo
las botinas donde las piernas nacen y van creciendo
hasta unirse con esa fuente de mi pena de hoy, mi
leve desespero.

Hace unos días escribí sobre novedades. Dejé una sin apuntar y con razón porque estuve, o imaginé haber dado un paso, una pequeñez, un algo, un alguito que me reglaba el destino para acercarme a las puertas de la felicidad.

La cosa es que yo estaba en mi vereda jugando con el perro *Tra*. Creo que cada día somos más amigos. Sé que le agradan mi olor y mi compañía. *Tra* ha crecido mucho y me alarma un poco el grosor de sus patas. Nunca supe que atacara a nadie pero desprecia a Eufrasia simulando sordera y ojos de ciego.

Estaba molestando a *Tra* para divertirme con sus gruñidos de amenaza juguetona de modo que no pude oír los pasos a mi espalda. Dos manos me taparon los ojos y supe que eran de mujer porque no presionaban. Simplemente se habían posado en mi cara. Ninguna voz preguntó la estupidez: adivina quién soy. Temiendo que se estropeara la alegría que supuse, cubrí con mis manos las intrusas y murmuré: «Elvirita querida».

Me enderecé para ella. Me ofreció la mejilla pero un temor me hizo besarla en la cabeza, en el pelo tan recortado que parecía cubrirla como un casco. Mis ojos estaban húmedos mientras cambiamos las tonterías de los reencuentros. Ella mostraba su sonrisa, para mí dolorosa, de adolescencia y salud. Tenía largas las piernas, tenía para siempre quince años, tenía algunos movimientos desganados con un leve toque masculino como si la naturaleza no hubiera terminado aún de imponerle totalmente una feminidad absoluta. La blusa de mil dibujos apenas insinuaba la presión de los pequeños pechos. Una cartera le colgaba del hombro y llevaba pantalones azules.

Recuerdo que me obligué vagamente a evocar a la niña cuando más de una vez tuve que cambiarle las ropas en ausencia de Eufrasia.

Era muy hermosa, los grandes ojos claros me mostraban alegría y un algo defensivo y desafiante y el cuidado de un secreto como todas las muchachas. Apenas era por encima de todo una niña puesta en el mundo para añadir dicha a los pesares humanos. Sin tener conciencia de su misión, le bastaba con ser y estar.

(Al repasar estos apuntes me parece oportuno explicar el significado que, felizmente para mí, la vida me otorgó mostrándome muchachas. Esto acabo de escribirlo hoy y ya muy lejos de Elvirita, a la que sigo adorando. Hace tiempo un amigo que comentaba su vida matrimonial me dijo: «Uno se casa con una muchacha y una mala mañana se encuentra con una mujer a su lado». Sucede.

Es que el mundo, generación va y viene, está perpetuamente poblado por falsas muchachas. Hay muchas que nacieron no muchachas y nunca variará su condición, tan lamentable. Las muchachas legítimas al dar sus primeros berridos ya son esclavas deliciosas de su destino inmutable. Porque el muchachismo persevera y se mantiene exento de edades o peripecias. Es eterno, y la hermosura no es indispensable.

Fue otra la que sentenció, entre rosas y vino: Muchacha serás y agregarás belleza a este mundo.)

Entramos en la casona. Yo detrás de ella, amando su culito inmaduro, rabiosamente apretado por el pantalón. Elvirita dejó la cartera entre botellas y vasos sobre la mesa grande y se puso a caminar examinando el estado de las reproducciones de pinturas. Las que ella había conocido en su infancia, recién llegadas y que fui pegando a las paredes. Más de una vez me arrepentí del criterio empleado para la distribución. Nunca hice nada para corregirlo. Eufrasia había venido con ella y se había encerrado en su cuchitril. Tal vez estaba durmiendo.

Tra seguía a la muchacha olfateando las sandalias. Le daba la bienvenida con la cola. Me chocó la indiferencia de ella para con el animal.

De pronto Elvira abandonó la inspección y me dijo:

—Todo en ruina ¿no?

Me estaba defendiendo cuando le hablé de la humedad de las paredes, de una corriente subterránea de agua imposible de secar. Pero ella no me escuchaba. Señaló con el pulgar a la cortesana picassiana que estaba a su espalda y sonrió con algo de melancolía y burla: «¿Te acordás? ¿Tu novia, verdad?»

Abandonó a la cortesana y con un movimiento de cabeza señaló la puerta de la pocilga donde Eufrasia reinaba sin súbditos.

—¿Es cierto que sos un alcohólico y que te vas a casar con eso?

No supe si estaba loca o decía una broma desgraciada.

Me reí un poco y ella seguía seria. Me tocó el brazo y nos alejamos de Eufrasia, de sus oídos. Salimos al sol y todavía caminamos, prudentes, unos pasos más. El *Tra* eligió quedarse echado adentro.

—Niña —dije—, ¿a qué viene ese disparate? Y fue así, en la esquina de la casona, de pie y muy cercanos, con desconcierto, incredulidad e indignación, mirándole la boca que decía, acariciándola mentalmente, como en un bautismo, con la dulzura de la palabra rosebud, que me fui enterando de cómo era Carr contado por Eufrasia. En mi vida no faltaron homúnculos que interpretaran con bajeza algún acto mío. Pero nunca había escuchado nada comparable a aquel Carr fabricado con mentira y bilis.

—Que la vida de ustedes era un verdadero martirio porque tú estabas siempre borracho y, cuando habías tomado una de más, le dabas palizas que casi eran de hospital y que la tenías loca con el asedio de que deseabas casamiento, pero ella no podía porque siendo menor, casi una niña, la casaron de obligación con un muchacho de familia bien y rica, siendo este muchacho de piel muy blanca, que leche parecía, pero hubo factores de parte de los suegros y todo terminó en separación y el esposo quiso consolarse recorriendo el mundo, que ya nadie sabe por dónde anda, que ni dirección dejó, así que ahora, aunque tenga que soportar imploración y castigo...

Elvirita no mentía y la mala fe de Eufrasia me pareció tintada de locura; ignoro si las muchachas legítimas pueden tener adenoides. Ella se interrumpía para respirar un rato con la boca abierta. Y su voz era apagada. Descansaba y hablaba hasta que nos llegó la orden insolente y grosera de Eufrasia:

—Elvirita, venga acá enseguida.

—Pero qué mierda se habrá creído —estalló furiosa la muchachita y empezó a caminar, casi correr, hacia la puerta de la casona. Muy curioso, la seguí alargando los pasos.

Trato de recordar y apunto la escena.

La Eufrasia sostenía con la mano derecha una tira de plástico azulenco que hacía girar sobre la cartera abierta de Elvirita. Preservativos, reconocí, fracasado un impulso de equivocarme.

—Condones —gritaba la mujer— y ni es sorpresa porque hace tiempo que me estaba sospechando que eras una putita que andaba con machos.

—Quién te dio permiso para revisarme la cartera, negra de mierda.

Se volvió hacia mí con una sonrisa forzada y dijo:

—Es que los muchachos son tan descuidados.

Así me convertí en el anciano padre bondadoso que todo lo comprendía y todo lo perdonaba.

—Cochina —gritó la Eufrasia con espuma en los labios. Dejó caer los condones y avanzó hacia Elvirita preludiando la bofetada. Pero la siempre muchacha fue más rápida. Sacó de la cartera una navaja abierta y retrocedió, afirmándose en las piernas.

—Si me llegás a tocar, negra sucia...

—Puta mentirosa —dijo Eufrasia. Pero ya no me pareció agresiva; más bien triste.

Con la mano libre Elvirita se oprimía el pubis.

—Esto es mío y de nadie más y con mi cosa hago lo que quiero.

—Elvirita, te has vuelto loca. No sos Elvirita.

La cara de la más joven parecía envejecida; no por el tiempo sino por un cinismo que le estaba incrustando una mueca pervertida. El muchachismo se le estaba desprendiendo como cortezas de un árbol.

El griterío atrajo al perro que ahora gruñía y mostraba los dientes sin decidir a cuál de las mujeres debía atacar. Muchas veces repetí «tranquilo

Tra», mientras le acariciaba la pelambre erizada. En aquel momento sentí que el perro podría ser una bestia peligrosa.

—Sí —dijo Elvira—, somos dos mentirosas. Usted empezó a mentir desde que otra mujer me parió y yo le estuve fingiendo desde mi primera sospecha. Porque supe irle sonsacando al padrino. Pero mírese en un espejo y míreme a mí. Por Dios, dígame quién se lo va a creer.

Se puso a reír y estas burlas, estoy seguro, le dolían más a Eufrasia que los insultos. Dejó caer brazos y lágrimas y muy lentamente, arrastrando los pies, volvió a su covacha. Yo devolví los condones a la cartera y la cerré. Sin mirar, supe que la muchacha había quedado inmóvil y trataba de espiarme la cara.

Di unos golpes en la puerta de Eufrasia y entré. Estaba boca arriba en el jergón y seguía llorando sin ruido.

—Don Carr —dijo convulsa—, yo sólo quise hacer un bien. Me lo pidió el médico. Creo estar muriendo. El corazón.

Le tomé el pulso y le acaricié la frente. Todo normal. Salí cuando el llanto comenzó a ser estrepitoso.

Afuera no había Elvirita ni perro. Claro, tampoco cartera. Ahora podía revolcarse tranquila otras seis veces. La muy puta.

Pero me sorprendió saliendo de una esquina de la casona.

—Perdoname —dijo—. Fue muy feo y las cosas feas me asquean. No me disculpo pero te explico.

Muy despacio, con la mansedumbre de una ola arribando a la playa, asomó de nuevo su sonrisa adolescente.

—Disculpame, fue como una explosión que estuve reteniendo durante años. La navaja era sólo para defenderme de esa negra loca que te hace borracho y, de a poco, te va a convertir en un pobre hombre, en una lástima. A veces pienso en cómo eras y lo que yo esperaba que podrías ser. La navaja la llevo porque somos un grupo de chicas que hemos jurado muerte a los violadores que siguen violando con permiso de la policía y de los jueces. Reíte si querés, pero atraparon a uno y le rompieron el culo con un ortopédico *magnum* y le cortaron las bolas y lo dejaron tirado en la puerta de un hospital. Y nunca apareció el culpable porque, ¿sabés quién fue? Fuenteovejuna, todas a una.

Más de una vez en mis visitas nocturnas a
Díaz Grey tuve la tentación de contarle la anécdota
de Elvirita y su banda de niñas anti-violadores. Anoche lo hice sin decirle lo que sucedió con Eufrasia
que se había repuesto tomando litros de infusiones
de yuyos y se había marchado a Santamaría Nueva,
no sé si para continuar la pelea, y provoqué varias
reacciones que me resultaron confusas. Me preguntó sobre las visitas de la muchacha a mi palacio
de ladrillo y cemento. Quiso saber con qué frecuencia,
aproximadamente, se producían; me preguntó por
Eufrasia, buscando otro tema. Lo que dejó traslucir
era si la madre de mentira estaba presente cuando
venía la niña, como él acostumbraba llamarla. Lo que
no se atrevía a preguntarme de frente era si yo me
acostaba con la niña. (Que Dios lo oiga.)

—Siempre está Eufrasia y con frecuencia tienen peleas muy cómicas —le dije haciendo esquives
yo también.

—Sí —dijo el médico—. Pero ahora la po-
bre Eufrasia está en el hospital, yo mismo la llevé.
Grave, ni mal ni bien.

—Sí. Ya lo sabía. Espero que se salve.

Hace mucho que pensé, y ahora lo apunto,
que las frases que el médico pronunciaba tenían cara
de póker. Tenía sobre el escritorio dos grandes cajas de
bombones *Cadbury* y una botella de whisky del país

de Gales. Anoche tuve la sospecha, alimentada por embriones de confidencias, por algunas frases que los whiskies de Gales hicieron escapar durante la charla, que tanto Eufrasia como su niña visitaban la casa de los pilotes absurdos. Sobre todo que la niña estaba en contacto con Díaz Grey.

—Me preocupan esas fantasías de la niña. En eso reconozco a la madre. Esa historia es pura mentira o casi. Es cierto que unas muchachas asaltaron al violador y lo violaron. Pero no fue con un *magnum,* me entristece que esa niña conozca ya que existen esas cosas, lo hicieron con una zanahoria muy grande, como las que exige el mercado. No le cortaron nada y el hombre llegó como pudo al hospital. Desgarramiento, hemorragia muy seria. ¿Está seguro de haber visto un cuchillo?

—Cuchillo o navaja, no distingo. Pero ella me lo estuvo mostrando con orgullo.

—En cuanto a lo de los condones, puedo asegurarle que se trataba de pura baladronada. No me pregunte cómo lo sé.

Sin palabras ni gestos el doctor ordenó silencio y seguimos bebiendo sin apuro.

20 de diciembre

Ahora, tan lejos y tan solo como siempre, me obligo a escribir el final.

Tal vez lo haga por un oscuro, incomprendido deseo de venganza. Acaso para aliviar una culpa que no quise tener.

Aquí estoy nuevamente. Desnudo y no es literatura porque este verano es rabioso para los pobres y lo siento vibrar implacable contra el techo de chapas de la pocilga en que vivo.

Esta vez logré huir sin ayuda y dejé todo allá en Santamaría Vieja, lugar que estuve aprendiendo a querer. Cuando vi los uniformes moviéndose en las sombras verdes de mi bosque de enfrente, comprendí que tenía que escapar de un destino policial.

Ahora, sudando y tomando un vino retinto de Lorenzo, soy un pobre de solemnidad y un solo de solemnidad.

Y cada anochecer vuelve el recuerdo de los días ya gastados, de mi acto canalla.

Repito que no sé bien por qué lo escribo.

Yo estaba sentado junto a la mesa; la tarde era tibia y yo, ahí en la casona, único habitante aparte de *Tra*, perseguidor de moscas siempre frustrado, yo escribiendo y saboreando lento un whisky irlandés, regalo del médico.

Hasta que el perro hizo un corto ladrido cariñoso. (A veces, cuando el recuerdo vuelve a doler y tengo unos tragos de más, culpo al sol por mi humillación.)

Estaba apuntando la confesión de Díaz Grey cuando algo se interpuso entre mi mesa y la blancura soleada del umbral. El perro ya había saludado la visita por sorpresa de Elvirita, María Elvira. Estaba quieta y sonriente en la puerta y la claridad apenas le tocaba las rodillas. No había sostén, creí ver el triángulo oscuro de la ropa interior. Un segundo apenas pero, cuando ella entró en el cuarto, yo ya estaba excitado con la locura indomable de mis lejanísimos veinte años.

Vino, me ofreció las mejillas para sustitutos risibles del beso y el olor de su cabeza. Le inventé perfumes de sudores y traté de sonreír tranquilo y paternal.

—¿Siempre escribiendo tonteras? Si te diera por un trabajo en serio. Alguien anda diciendo que sos el primer historiador del villorrio.

Ahora la sonrisa, pequeña carcajada, sus dientes, el atisbo de lengua. Y como un reflejo, mi estupidez. Cuando uno está deseando demasiado es fácil creer que el otro acompaña.

Mi beso fue desviado con un movimiento furioso de la cabeza y cayó sin ruido entre la oreja y el cuello. La muchacha dio un paso atrás.

—No te hagas el loco con ese olor a viejo que voltea.

Perniabierta y sonriente de espaldas al sol que hacía traslúcida su falda y denunciaba el breve triángulo celeste, apenas oscurecido por la seda, que le había regalado, que en horas de soledad, deseo y celos yo había olfateado y lamido, me dijo: «Viejo querido. Voy en el *jeep* y vuelvo. A lo mejor, hago lo que siempre pensé hacer. Si me acompañás de alma, dejás de tomar y rompemos el gualicho.»

Supongo, desde mi ahora, que por un momento perdí la conciencia, la memoria, el mismísimo yo. Recuerdo que hubo otra corta risotada y que ella habló y yo no entendí. Oí después el ruido del *jeep* que se alejaba.

Recuerdo que me descubrí otra vez sentado frente a la carpeta y a la botella. Estuve bebiendo como odiando la bebida, como buscando matarla a cada trago. Hasta el atardecer y la sorpresa repugnante. No sólo repugnante fue la sorpresa. Tenía fuertes agregados de horror y demencia. Oí las palmadas y dije adelante y enseguida vi a Autoridá, a *Tra* embozalado, mudo, y a Elvirita, María Elvira, con las muñecas esposadas.

La bestia, ahora con su tan odiado uniforme de milico, dio un paso adelante y dijo:

—Aquí le traigo a la criminala de su hija y usted queda acusado de inducidor.

El odio me bastó para casi gritar:

—Esa mujer no es mi hija.

Todo era extraño, casi irreal porque mi Elvirita ya no era la crueldad del olor a viejo. Estaba, simplemente. Sonriente, dulce, apenas caída de visita unas horas antes.

Supe que aquel milico estaba borracho o dopado o ambas cosas.

Siguió la bestia uniformada:

—Atención, exijo a su silencio. Formalmente, siendo aproximadas las quince y treinta horas esta delincuente sin entrañas fue sorprendida por la enfermera Sonia Matero, casada, mayor de edad y su edad de treinta y cuatro años, en circunstancias de intentar interrumpir la trasmisión de oxígeno mediante tijera aplicada al tubo que unía la garrafa con la carpa bajo la que mal respiraba su propia madre, señora Ufrasia, esposa de usted.

El hombre estaba loco y mi asombro, junto con una tentación de risa, me hicieron resucitar.

—Se equivoca y puedo llevarlo a los tribunales por difamación y calumnia. La señora Eufrasia no es mi esposa. Es mi cocinera.

—En este país no hay más perro que el chocolate. El único tribunal es Usía y Usía me dio orden y permiso. Si no es o era su señora esposa es caso evidente de concubinato y puede caber un adulterio.

María Elvira seguía tranquila y sonriente, las manos con las esposas apoyadas en el pubis. En aquello que yo hubiera besado hasta morir y que continuaba ajeno e imposible.

No recuerdo qué estupidez increíble vomitaba el demente uniformado cuando ella la atravesó con una voz clara y sin apuro:

—Perdoname, Juan. Perdoname por todo.

—Usté se calla —ladró Autoridá—. Usía me la declaró estar sujudis. Secreto del sumario. No se habla.

—Esa mujer no es mi madre, ya le expliqué delante del juez.

—Silencio —gritó la bestia y le golpeó las esposas buscando causarle más dolor—. Consultaré con Usía y vuelvo por usté. Para mí, se trata de crimen pasional. Y usté como inducidor. Voy a destapar mucha mugre, muchas culpas.

María Elvira y *Tra* componían la traílla que arrastró hasta el coche negro y grande que yo no había oído llegar.

Por única vez el teléfono fue para mí. Llamé a Díaz Grey para pedirle que me prestara un coche porque ignoraba dónde podía estar mi *jeep*.

Aquella noche me instalé en el café prostíbulo esperando que llegara Autoridá para preguntarle por el destino de la muchacha. Pero el *Chamamé* era otro. Detalles. La noche iba creciendo y empujaba hacia el techo el humo y el olor de cigarrillos de marihuana. Ni noticias del milico. Las mujeres, ya no formando fila en la vereda, habían invadido con sus perfumes y sus risas las mesas y las letrinas sin puertas. No recuerdo a qué altura encaré al juez para preguntarle por Elvirita. Demasiado tarde; ya estaba borracho y sólo contestó:

—La justicia sigue su curso.

Sentí que el mundo entraba en un final y le dije suavemente que se fuera a la raíz cuadrada de la putísima madre que lo parió.

Apunto ahora, ya lejos de los sucesos pero conservando la angustia que siento que se adelgaza como para clavarse mejor.

Dejé al juez en su mugrez ruidosa y pensé que en el médico. Pero no había ninguna luz en las ventanas. Recordé haber oído que Autoridá afirmaba que su casa era una «verdadera cárcel preventiva» y que tuvo encerrados en ella a ladrones de gallinas, a críticos burlones, a otros por la sinrazón de un capricho. Pero yo ignoraba dónde vivía la sucia bestia. En algún lugar de la ciudad vieja. Recordé el título de una película vista en mi juventud, *Bailando en la oscuridad*. Mis calles eran, cada paso más, silenciosas y ya de tierra. En la película se escuchaban fragmentos de uno de los dos *blues* que considero inmortales. Éste era *Saint Louis*. Y yo era un pobre alucinado que se perdía entre los últimos faroles de suburbios nunca antes visitados. Y mientras, caminaba deseando cansarme y olvidar por agotamiento, ciego por la noche, esperando el milagro denunciador de la casa buscada. Iba sabiendo, descubriendo con maravilla que siempre, desde un pasado tan lejano que nunca existió, te estuve queriendo y esperando antes de que tú nacieras. Que durante toda mi vida mi amor por ti palpitaba escondido, debajo de alegrías y penas.

Hoy es viernes y trece. Autoridá siempre me resultó hediondo; hace dos días que su mal olor guió a vecinos y policías de verdad para descubrirlo en su «Cárcel preventiva».

La mala bestia estaba muerta, con la garganta destrozada, *Tra* estaba también muerto, se cree que por balazos de la pistola del milico, y Elvirita no estaba.

Pienso en Díaz Grey y se me ocurre que apunto o podría apuntar una elegía a dos voces, un paso de dos de un ballet bailado por un par de títeres. Trato de calmarme, bebo y reconstruyo un pasado que comenzó a serlo pocos días atrás.

Perro y milico muertos. Nada más por ahora. Mi *Tra* defendió y fue baleado. Pero no puedo apuntar qué trató de defender. Porque no creo que Autoridá atacara. Pertenecía a la creciente legión que rechaza asqueada el perfume de mujer y disfruta con olores distintos.

Pero hoy, en este adiós, ya no debo mentir ni ocultar una vieja simpatía por los juegos lesbianos que, irremediablemente, la vejez hace grotescos. ¿Pero, acaso no son grotescas todas las formas envejecidas del amor sexual?

Antes de sentarme puse sobre la mesa el quitapenas que me regaló, mucho tiempo atrás, el médico. Pura farsa y tan estúpida. El revólver, que seguirá siendo virgen con sus seis balas, es uno de los objetos más hermosos, de más bello diseño que haya visto en mi vida. Lo admiro y pienso que contribuye con dignidad a prestar apoyo a la comedia que nunca se hará verdad. En la casona, que ahora sólo yo habito y hace enorme el silencio de las hojas marchitas y la guadaña de la luna menguante, sólo yo, escribiendo lento un epílogo que no puede ni quiere evitar su dosis de errores.

Trato de verlos como adherencias inseparables impuestas a machos y hembras.

29 de febrero

Muchos mejores años atrás, cuando yo era joven y creía en la redención de los hombres, las pulgas y los piojos, como escribió el poeta, leí un libraco del que sólo recuerdo el título: *El contenido de una botella de tinta.* Ahora, en esta noche tibia y sanmariana, me dispongo a escribir el contenido de botellas tres estrellas.

Ya no se trata de un apunte. Será una historia de extensión no predecible y cuya veracidad me sigue resultando dudosa. Pero fue, sucedió sin mentiras posibles y fue sellada con la muerte para ahuyentar así confusiones y remiendos.

Como debe ser o siempre sucede con disimulo, empiezo por mí. La matanza sucedida en la casa de Autoridá, llamada por él prisión preventiva, me provocó dolor por dos razones.

La compañía de *Tra* que me dio felicidad durante tantos meses y años, hasta el punto de sentirla eterna, llegó a convertirme en el mejor amigo del perro.

Pero ya apunté que yo, ahora, no soy exclusivamente yo. Tristeza y culpa hacen buenos mellizos.

Dijo Díaz Grey:

—Parece que mi actividad forense culminó autopsiando a dos animales. Me resulta gracioso. Me preocupa la fuga de nuestra niña.

Me encajó el plural con una pequeña sonrisa que él quería cómplice.

—Comprenderá que durante muchas horas las pasé esclavo del teléfono. Primero, llamé al glorioso defensor de los límites patrios, el padrino, claro. Nada. Sólo sirvió para que también el hombre tuviera su preocupación. Luego llamé a todos mis contactos en las dos Santamaría. Los legales y los otros. Y otra vez nada. No consta que ella haya cruzado ninguna de las fronteras. Pero alegre un poco esa cara. Fíjese que yo mismo estoy confiado. Conociéndola, estoy seguro de que anda escondiéndose por pura travesura. Muy pronto tendremos buenas noticias. Entretanto, como cualquier sufriente personaje de tango o de jipíos, trate de consolarse.

Brindamos. Era un aguardiente de sidra dulzón procedente de Calvados.

Todo esto, y muchas cosas más, durante los primeros días que siguieron a la pérdida.

Por entonces el médico se mantuvo idéntico al Díaz Grey de nuestra primera entrevista. Con criterio de funcionario policial podría llegar a conocerlo, a él y a su alma, escribiendo: altura mediana; cabello rubio, escaseando, griseando; ojos castaño-verdosos; sin señas particulares visibles. Tal vez estos datos alcanzaran para que los milicos de las fronteras lo identificaran y le aplicaran alguna ley de fugas en caso de que él intentara huir de un peligro que yo estaba maliciando próximo, por esas cosas sin razón de las intuiciones que por algo son femeninas.

Pero yo sabía, y de ese saber ya no podía escapar, que todo lo que estaba respirando era una farsa gigantesca y sin sentido porque tanto Díaz Grey como las nostalgias que estaba compartiendo conmigo nunca habían sido lo que yo, forastero, llamaba realidad. Por inercia, por miedo a tropezar y sentir la obligación de sumar hasta el infinito dos más dos y quedarme tranquilo porque siempre el juego me confirmaba cuatro.

Aquella repetición que se iniciaba cuando el sol se hacía débil y anunciaba con lentitud un hasta mañana, que podía sentirse amistoso o burlón. Aquellos atardeceres que entraban en la noche acunando el velatorio que el médico y yo ofrecíamos a la ausente que nos aferrábamos en creer viva y tal vez próxima. Díaz Grey se conservaba siempre tranquilo y casi feliz. Alguna vez pensé: un tahúr con un naipe en la manga. Hasta que empecé a sentir que los gusanos del hastío se hacían viboritas y molestaban enroscándose en los tallos de las copas y en las historias, simples hilachas de recuerdos que nos íbamos ofreciendo, insistentes, miedosos de que él o yo confesáramos el cansancio, el para qué seguir.

Yo pude y una tarde falté a la cita no pactada y estuve ayudando a que el sol enrojecido buscara escondite detrás de la isla de Latorre. Dicen que era o fue refugio o cuartel general de contrabandistas tal vez fantasmas o simplemente fantasmas. Dicen que los que se acercaron a su luz engañosa no volvieron.

La isla de Latorre siempre conservó su misterio y no seré yo quien lo estropee. Si alguna vez existió un fundador y propietario, los mismos viejos que dicen haber vivido aquella gran inundación que bajó desde Brasil coinciden en sus visiones. Latorre era o había sido obeso, blancuzco, amadamado, tímido y bondadoso.

Pero no, esto no vale. La verdad es que sigo apartado de Díaz Grey y su entorno. Que me alimento con comidas enlatadas que pocas veces pongo a calentar, que algunos dolores soportables relampaguean de vez en cuando por mi vientre, que bebo un vino muy fuerte y casi negro. Y que sigo escribiendo.

Ahora, libre de la amenaza llamada *Tra*, mi grillo hacía vibrar su violín casi sin pausas, convertido en una de las grandes y pequeñas mil cosas indispensables para que la noche quede constituida y aquietada en la sombra.

Hasta que a todos los desastres físicos de mis despertares se agregaron una media mañana los toques de bocina de un automóvil. Me lavé los ojos y salí. La maldita bocina ya no sonaba y al dar unos pasos me sentí un intruso en una escena doméstica. La Jose, la morochona, estaba sentada al volante y la hija de Jeremías Petrus, rubia y a su lado, balanceaba una cara de muerta. La Jose me saludó con una exhibición de dientes muy blancos que debe haber durado una fracción de segundo. De inmediato ordenó a la otra que se ubicara en el asiento trasero del coche. La rubia gruñó quejosa y no se movió. Entonces la Jose, que se estaba acercando a la corpulencia materna pero en sus brazos desnudos no había grasa sino una musculatura casi hombruna, le dio un bofetón que sonó muy fuerte y su compañera lloró gritando y pareció regresar a la infancia empequeñecida y dócil.

—Bien mansita, querida, ¿sí? —dijo la morocha.

Lentamente, siempre llorando, Angélica Inés abrió la portezuela, bajó, abrió otra portezuela y se encogió en el asiento trasero. Ahora lloraba despacito, como un niño en penitencia. Subí junto a la Jose, que me dijo mientras hacía arrancar el coche:

—Perdone. Mire que si no fuera urgencia de veras no hubiera venido a molestar. Puede tomarlo como un secuestro con un buen motivo.

Dejó oír una carcajada corta, dije la estupidez correspondiente y avanzamos sin hablar durante un tiempo. Allá, cuando las aldeas de pescadores estarían a nuestra derecha, ocultas por la arboleda, la mujer habló. Ahora ya no había llanto a sus espaldas.

—Tranquilo, no lo estoy llevando para un duelo. Pero es una gran desgracia y usted que, casi, es el único amigo del doctor puede ser que nos dé una ayuda. Mucho la estamos necesitando y cada día va para peor.

Pregunté por Eufrasia, doña Eufrasia para la hija que no puso veloz la cara adecuada para decir:

—Pobre mamá, que nunca le dan el alta en el hospital. Siempre inventan novedades. Yo digo: si no tiene cura, mejor que la dejen morir en paz.

—Días atrás que yo ni sé, apareció el que le llamamos «dos veces» por el de la película. ¿Usté la vio? La de la Turner. Es que a Habib le decimos el cartero siempre se emborracha dos veces. Y así le quedó el nombrete. Vino y trajo una carta para el patrón. Sólo pude ver la estampilla y no la comprendí. Bueno, así empezó esta desgracia que usté verá y tal vez la explique.

Y por fin el coche se detuvo frente a los grandes portones de hierro ennegrecido con las enlazadas iniciales JP, cuyas puntas no movidas desde muchos años atrás se clavaban en la tierra. Subí la escalera, abrí la puerta del despacho y me detuve a mirar la desgracia anunciada.

Así como unos minutos atrás el rostro de Angélica Inés había retrocedido hasta un año de su infancia, la cara del médico, el cuerpo mismo y hasta su camisa suelta avanzaban hasta ese momento en que la vejez sólo ofrece desagrado.

Aquello ya no era Díaz Grey. Era un viejo borracho, impúdico, que alzaba la calvicie y los ojos aceptando resignado no comprender. La cara, también ésta oscilante, parecía dominada por la piel que se apoyaba inclemente y antigua en la calavera que había estado vigilando y protegiendo desde el momento en que alguien, azotándole las nalgas, provocó el primer berrido de arrepentimiento. Y ahora la piel, razonablemente fatigada de su larga tarea, se aflojaba en descanso, se iba plegando para repetir las arrugas que sus hermanas habían impuesto durante siglos antes de dejar desnudas calaveras, cuencas vacías y buscar el total reposo de la gusanera y el polvo.

Pensé que aquello, todavía persona, se estaba momificando, era casi momia. Me examinó un momento y comprendí que yo seguía siendo nadie para él. Tenía delante una botella y un vaso. No reconocí la etiqueta. El casi hombre aquél me insultó con palabras muy sucias, palabras que nunca habría dicho mi amigo médico y llenó el vaso sin derramar, lo que yo hubiera creído imposible. Bebió toda su medicina o veneno sin respirar. Devolvió el vaso al escritorio y la cabeza se le fue derrumbando hasta quedar apoyada en la madera, rodeada por los brazos, repitiendo la actitud clásica de quien duerme una borrachera. Pero allí se agregaba algo o algos que no eran alcohol.

Me desconcertó aún más la sonrisa de labios plegados con que Jose, la morochona, acompañó su mirada a la cabeza casi del todo calva, abatida sobre el escritorio. Me hizo una seña con la mano y los tres pasamos a otra habitación que yo no había pisado nunca. Observé que Angélica Inés se movía trotando como un perrito faldero detrás de la mujer que la había obligado a disfrutar los placeres del masoquismo.

En aquella pieza confirmé mi adhesión a la leyenda de un gran amigo escritor: «Cuando me presentan a alguien me basta con saber que es un ser humano para estar seguro de que peor cosa no puede ser».

Recuerdo muy claramente la entrevista en el cuarto que el sol iba calentando hasta el desagrado. Ellas en un sofá, enganchadas las manos, yo en una silla de respaldo alto y duro. Yo escuchaba y mis cabezadas aprobatorias coincidían secretas con los puntales de piedad e ironía que lograban mantenerme por encima del asco.

La Jose le dijo dulcemente a la otra:

—Nena, date una vuelta por abajo a ver si llueve y el año que viene me traés el informe.

Angélica Inés festejó la gracia con una risita.

—Sí, mami. Pero lo prometido es deuda.

—A su hora, nena. Nunca te fallé.

Solos, enfrentados, la Jose ensayó conmigo viejos trucos iniciales de seducción, desinhibida de la posible conciencia de estarse repitiendo.

Sonrisa que iba creciendo desde la timidez de un primer encuentro (es nada más que simpatía) hasta una húmeda blancura, muy ancha, desprejuiciada. (Puede interpretar como guste.) Pero sobre todo los ojos, espejo traidor de las almas, los grandes ojos que agrandaban «expectativas que nunca confesaré pero que tal vez adivines». Y a veces una puntita de lengua quedaba olvidada entre los dientes.

No sé ni adivinaré nunca cómo se logra. Pero la verdad es que mientras estuvo hablando conservó la no confesada provocación ojibucal.

—Y usté ya vio nuestra desgracia. A la desgracia en que se abandona el doctor y que cae sobre nosotras. Aunque le parezca mentira, casi al borde del hambre de todos los días. Bueno, comprenda si exagero. Nadie puede negarle crédito a don Díaz Grey. Cuando vi el peligro me dije que los inocentes no deben pagar por pecadores y anduve recorriendo hasta acumular surtidos que bastarán aunque nos cercaran por meses. Los de la costa no nos abandonan aunque no sepan lo que nos está pasando, pobres de nosotras. Y yo sé cómo manejar las luces.

Seguía creciendo el calor y yo miraba invitado o invitándome la viborita plateada que el sudor le hacía correr entre las tetas. Pensé en la tristeza caída de las de su madre. Pero toda aquella hembra la estaba traicionando y delataba trampa. Y hablábamos, elevábamos frases tontas que formaban una barrera que escondía el propósito. Hasta que ella, increíble, exageró tristeza y sonrisa. Se resignó para decirme lo que había proyectado desde que estropeó mi mañana con la grosería de los bocinazos.

Se interrumpió la gran confidencia porque el sol, todavía no ahuyentado, le ponía franjas en la cara y le molestaba los ojos. Dijo perdón y se levantó para clausurar la persiana.

—Comprenda mi desesperación porque veo acercarse el fin y ni quiero imaginar cómo será. Fíjese: cuando después de muchos años de bregar se hizo justicia y allá en la capital le dieron la razón al señor Petrus que fue más que un padre para mí y hacía que descansaba en paz. Pero déjeme dejarle bien aclarado que cuando el médico se casó con la muchacha no había todavía ningún fallo judicial favorable y nosotras, pobres como ratas, nos defendíamos vendiendo cosas que fueron quedando. Se lo quiero recalcar porque en este poblacho de porquería no faltará quien diga que el casamiento del médico fue un puro braguetazo.

«Yo supe siempre, en cambio, que fue un acto de gran nobleza y él hizo lo que debía hacer sin que nada lo obligara. Yo sabía, supe la verdad pero nunca quise forzarlo. Puede ser que algunas se me escaparan, insinuaciones. Y él, siempre cara distraída. Aunque ya supiera que la cosa no era discutible. Perdone si demoro a lo que voy. Pero yo siempre he creído que hay cosas que no tienen perdón del cielo. Bien me acuerdo, como si fuera hoy, cuando mi pobre chica quedó en estado y fuimos a ver al doctor Díaz Grey, ella lo reconoció y se fue disparando. Y él, claro, también recordó y mucho estuvo discurseando de moral y tribunales médicos. La verdad verdadera fue que aquella vez le era imposible. Quién le dice que no se le estuviera formando cariño y siempre pensé que, antes que el señor cura, fue Dios que los unió.

»Él, viviendo sin mujer, paseándose por las noches del pueblo, haciendo farsa con el golpeteo del bastón que no tenía utilidad y ella que se me escapó justamente aquella mismísima noche y andaba buscando hombre. Después hice la comedia de echar culpa a un gringo de la represa, pero empecé sospechando y no demoré en saber.

»Pero la verdad es que no queríamos remover historias viejas que ya aventó el tiempo.»

Me causaba gracia ver cómo incluía a la pobre infeliz de la bofetada.

—Todo eso es pasado, le repito, y tenemos que enfrentar este presente que se nos impone. Porque cuando vino el fallo favorable después de todo lo que robaron abogados y jueces y los de las influencias, la chica única heredera fue reclamada para recibir el dinero, que valía más que hoy. Por esta ciudad se habló de millones. Yo no sé nada, sea lo que Dios quiera. El resultado fue que el doctor pensó más vale prevenir y todo fue a los bancos y a su nombre, creo que la casa no. Hay renta que siempre ha sido más que suficiente. Pero, la verdad. Si el doctor no firma, acá no entra una moneda. Llevo pasados muchos insomnios y se me ocurrió que había solución. Tal vez fue con ayuda de lo alto porque yo como mamá, la pobre, soy muy santera.»

Sé que algo tuve que decir para aliviar la impaciencia y el aburrimiento que iban creciendo. La hora ya era de almuerzo y siesta. Algo dije, volvía la lucidez cuando la mujer estaba diciendo:

—No soy profesora pero tampoco borrica. Se trata de que el doctor hoy es incapaz, usté pudo verlo y comparar. Ahora que esa incapacidad tiene que ser declarada por la justicia y entonces él declina la firma en la pobre esposa, como corresponde. Usté puede ser testigo imparcial junto, por ejemplo, con el doctor Rius, ¿qué le parece?

Me pareció, por lo menos, un par de cosas que no quise decir.

Pero le hablé de órdenes de jueces, de tribunales médicos, de la lentitud que imponía trepar una cuesta pedregosa y repugnante. Argumentó y suplicó, jamás en su nombre sino en nombre de la pobre chica de amargo e injusto destino. Pudo humedecer los ojos pero el llanto, comprobé, no sería nunca amistad suya.

Era como caminar remangándome los pantalones por temor de que se ensuciaran los bajos.

2 de mayo

Deseoso de apartarme de todo asunto que tuviera relación con el dinero, con incapacidades y codicias, con la tristeza irremediable de que el vasto mundo estuviera habitado por gente así, por gente como yo mismo, aunque me protegieran la indiferencia y el desdén, resolví enclaustrarme en la casona. La basura mundial sólo molestaba por una radio antigua. Pero era inevitable usar el *jeep* —quién es su dueño sigo ignorando— para buscar comida, visitar a don Lanza, hombre tan querido, para regresar con un montón de periódicos y algunas detestables novelitas que él llamaba mierditas policíacas. «Parece mentira que usted».

Sus ofertas de buena literatura chocaban siempre con mi obstinada negativa. Tiempo después me felicité por no haber querido enterarme. Escuchaba a veces las noticias de la radio y allí todo era igual a los periódicos. El horror de las noticias internacionales alteradas con la prosodia arrabalera de locutores y políticos. En los periódicos también brillaban joyas como «soles de justicia», «defensas numantinas» y los reiterados «dijo de que». Una gloria, pero yo no tenía ganas de festejar con alegres «pero qué animal».

En aquella mi paz y soledad los camiones llegaban y descargaban regularmente. Pero no pude disfrutar mucho de aquella pereza del alma.

Alguien estaba afuera aplaudiendo mis pensamientos. Aplaudía fervorosamente. Bajé a ver o insultar y allí estaba, sonriente y no muy borracho, Habib el cartero. Nada más verme intentó una venia, me dijo doctor y se introdujo en la casona, que estuvo recorriendo como si imitara la vuelta del propietario. Terminó por sentarse en mi sillón repitiendo el título de doctor.

Apagué las suciedades y bobadas de la radio y estuve un rato de pie cambiando sonrisas con Habib.

Nos estuvimos mirando un buen rato y sonriendo como si hubiéramos apostado quién de los dos mantenía más tiempo aquellas sonrisas de calaveras que nada significaban. No nos estábamos saludando ni burlando. Nada. Fue como un momento de idiotez en que él y yo nos miramos pensando: conozco tu secreto. Pero no había secreto alguno aparte del secreto a voces del mal olor que rodeaba el cuerpo de Habib.

Por fin el cartero se levantó golpeándose las rodillas con las grandes manos.

—Dos cosas, mi doctor. Ya sé que no. Le digo doctor por respeto. Oí ese ruido del gran comentarista deportivo. Ese hombre dice verdades de a puño. Le digo una de las cosas pero póngase cómodo y tomamos una copita si le parece.

Me moví, tomamos copitas crecidas del vino vomitivo que él acostumbraba tomar. Me llevó tiempo encontrar una botella entre las de cosas buenas, regalos de Díaz Grey y los compañeros de la costa.

Y estuvimos bebiendo y él conversando, entreverando idioteces. Lo escuché paciente sin preocuparme de entender lo que decía con el murmullo propio de las graves confesiones o los gritos del manejador de multitudes. Era un bicho muy raro, de una especie jamás extinguida y me interesaba observarlo. Por fin me alertó diciendo:

—Yo ahora estoy siendo dos. Y no quiero decir que usted me esté viendo doble. Sé respetar y respeto. Un domingo en el bar proclamé declararme en huelga. Fíjese lo curioso del asunto. Único cartero y en huelga el mismo día exacto que no trabajo. Fue un clamor de los amigos pero no aflojé. Pero cuando me hizo llamar el médico para entregarme un recado, opiné que lo mejor era cobrar de cartero y convertirme además en empresa de mensajería. La parienta, de acuerdo. Así que aquí le traigo el primer mensaje. Sacó un sobre de la mugre de sus ropas y me lo entregó.

Un sobre conservado milagrosamente blanco que llevaba el nombre de Carr dibujado con grandes letras azules. No sé cuánto dinero le di a Habib para que se fuera y leí en soledad y silencio:

Amigo Carr:

Unas líneas para decirle adiós y para tratar de disminuir una deuda a la que llamaré, con perdón de la grosería, metafísica. Tal vez usted no me entienda y espero que no trate de adivinar.

Por un tiempo salió mi cabeza del agua, porque sí, sin ayuda de voluntad. Con límites, Elvirita era muy amiga suya y se empeñaba en la tarea, o nada más que en el deseo de salvarlo. Gran palabra con destino fracaso y muy femenina. Abundan ejemplos. Nunca la veremos. Hace unos meses ejercía en algún país sudamericano donde se turnan civiles y militares para robar y hacer creer que están gobernando. Estoy mirando la nada y allí no hay tradiciones ni moral ni moralinas. Perdón si daño. Basta decirle que ella se salteaba las clases y yo el hospital. Josefina cobró mucho dinero y cumplió callándose.

No pensé, amigo Carr, que le iba a escribir una carta tan extensa. Arreglé con bancos y demás parásitos la situación económica de A.I. La morochona quedará muy contenta. Ojalá se la lleve una enfermedad muy larga.

D.G.

Agonizaba otro invierno y no había necesidad de la ayuda de Santa Rosa para que asomaran brotes verdes en los escasos árboles que podía divisar en mis andanzas también escasas y protegidas por bigotes, barbas y melenas. Me limito a pasear para la compra de tabaco, novelas policiales, cada vez más malas, acompañando fieles la decadencia mundial de la literatura. Qué se fizieron los hombres de antaño. Por desagradables razones de higiene me es forzoso visitar muy pausadamente el bulevar de los sueños perdidos donde los travestidos tratan de confundir a los clientes de gustos anticuados.

Y en este final de invierno llegó la desconcertante carta que copio. El sobre era brasileño pero la carta, muy fatigada y con una gran mancha circular de culo de botella, está fechada en Haití:

Querido:

Supe del suicidio. Acaso mi carta era demasiado cruel. No me disculpo ni culpo. No sufras si te digo que el perro *Tra* fue más mío que tuyo. Me acompañó hasta la puerta del Hospital y ahí estuvo tirado, lo echaban y volvía. Así hasta el escándalo. No sé si algún día te llegará esta carta. Tu dirección, que haces bien en esconder, me la dio la Diosa del Gran Vudú. La vida me sigue asombrando porque cada día me despierto más joven. Espero que también te asombre esta carta y sobre todo el color del papel en que está escrita y que mucho trabajo me dio conseguir. Es un color de alma en declive, lo preferí a otro que era alma en subida y correspondía a un estado más erótico, digamos que más orgásmico. (Pero de orgasmo verdadero, no de aquellos que mi analista dice que no son los buenos). Bien sé que a esta altura estarás desesperado por saber mucho del tema más importante del mundo, o sea yo misma, mi vida actual. Estos negros de los que te hablo es verdad que tienen una mezcla civilizada que los disminuye. Pero si añadimos a eso su diminuta herencia francesa, pueden dar... pueden. Los franceses siempre se las arreglan para poder y ellos sumando las dos cosas alcanzan marcas olímpicas. Claro, yo simulo. Las mujeres sabemos cómo se hace. Hay que mezclar algún gritito y dos o tres —no más— palabras inteligibles. Yo, para estos casos suelo usar el copto y también el bengalí de la parte occidental del África central. Por supuesto usando las reales palabras que corresponden al momento. Por ejemplo REFRIENMA KIU KIU, que en copto significa «me matas» y también, si le agregas una *g* al final, «cuidado, puedes matarme». Esto por precaución ya que allí, llegado el momento, el varón te toma los hombros y te golpea la cabeza contra el catre, dependiendo la fuerza de los golpes de la fase de la

luna. En general luna creciente golpe ba-
tiente y luna menguante golpe delirante. En
fin, es antropológico de la primera a la última caricia y un poco secreto para el resto.
Cuidate mucho y aquí va el beso que no fue.

M.E.

Miro mil veces el sobre donde no hay nombre de remitente. El matasellos del correo, verde y
amarillo, dice Agua Branca. Eso está en San Pablo,
Brasil. La carta fue escrita en Haití, en un papel de
color endemoniado, casi violeta pero no del todo.
Un color escogido para dañar los ojos. También en
esto reconozco a María Elvira. Alguien descubrió y
dijo que hay colores perversos. Ya he aceptado que
nunca sabré cómo pudo conocer Elvira, siempre muchacha, mi dirección. Aquí sólo la conocen algunos
amigos de café y bar, ningún desfigurado fantasma
del ayer, que los días fueron borrando casi del todo de
esa parte de la vida que es la memoria. La mía.

Ahora, definitivamente, para siempre en Monte, persisto en redactar apuntes porque absurdamente siento que debo hacerlo como cumpliendo un juramento sagrado que nunca hice pero que lo siento impuesto.

Podría haber traído mucho dinero y duplicarlo en este país donde no falta el cómo. Pero vine con lo suficiente para asegurarme un sueldo hasta la muerte, libre de trabajos, patrones y la compañía indeseable de colegas oficinistas. Libre de esta peste, gracias a Dios.

Vivo escondido aunque ignorado por las llamadas fuerzas del orden que no me tienen en sus prontuarios.

Me escondo porque aquí hay personas, sobre todo mujeres, cuyas caras y renuncias me niego a conocer después de tantos años. Por iguales motivos me disgusta muchísimo mostrarles mi cara de hoy, permitir que sospechen o adivinen algo de mis pasadas, pequeñas infamias.

Escribí la palabra muerte deseando que no sea más que eso, una palabra dibujada con dedos temblones. No puedo decir que el cuerpo me haya traicionado nunca ni haya reclamado venganza por mis malos tratos. Apenas, en esta etapa comienza a sugerir análisis, palpaciones, compañías químicas.

Sé muy bien que terminará rebelándose y que usará dolores de intensidad escalonada para obligarme a tenerlo en cuenta, justamente cuando ya no importe demasiado al mezclarse con hastío y resignación.

Otra vez, la palabra muerte sin que sea necesario escribirla. Hay en esta ciudad un cementerio marino más hermoso que el poema. Y hay o había o hubo allí, entre verdores y el agua, una tumba en cuya lápida se grabó el apellido de mi familia. Luego, en algún día repugnante del mes de agosto, lluvia, frío y viento, iré a ocuparlo con no sé qué vecinos. La losa no protege totalmente de la lluvia y, además, como ya fue escrito, lloverá siempre.

Este libro
se terminó de imprimir
en los Talleres Gráficos
de Anzos, S. A.
Fuenlabrada (Madrid)
en el mes de diciembre de 1994

TÍTULOS DISPONIBLES

EL NARANJO
Carlos Fuentes
0-679-76096-2

ARRÁNCAME LA VIDA
Ángeles Mastretta
0-679-76100-4

LA TABLA DE FLANDES
Arturo Pérez-Reverte
0-679-76090-3

LA TREGUA
Mario Benedetti
0-679-76095-4

LAS ARMAS SECRETAS
Julio Cortázar
0-679-76099-7

EL FISCAL
Augusto Roa Bastos
0-679-76092-X

EL DISPARO DE ARGÓN
Juan Villoro
0-679-76093-8

EL DESORDEN DE TU NOMBRE
Juan José Millás
0-679-76091-1

LOS BUSCADORES DE ORO
Augusto Monterroso
0-679-76098-9

EL FANTASMA IMPERFECTO
Juan Carlos Martini
0-679-76097-0

NEN, LA INÚTIL
Ignacio Solares
0-679-76116-0

Disponibles en su librería , o llamando al:
1-800-793-2665 (sólo tarjetas de crédito)